모모를 찾습니다

저 자 와
협의하여
인지 생략

〈나답게 청소년 소설〉

모모를 찾습니다

지은이 | 김미희
펴낸이 | 一庚 張少任
펴낸곳 | 돌샘 답게
초판 발행 | 2020년 8월 25일
초판 2쇄 | 2022년 7월 05일
등 록 | 1990년 2월 28일, 제 21-140호
주 소 | 04975 서울특별시 광진구 천호대로 698 진달래빌딩 502호
전 화 | (편집) 02)469-0464, 02)462-0464
         (영업) 02)463-0464, 02)498-0464
팩 스 | 02) 498-0463
홈페이지 | www.dapgae.co.kr
e-mail | dapgae@gmail.com, dapgae@korea.com
ISBN 978-89-7574-321-4
ⓒ 2020, 김미희

나답게·우리답게·책답게

김미희 청소년소설

나답게 청소년 소설

오오를 찾습니다

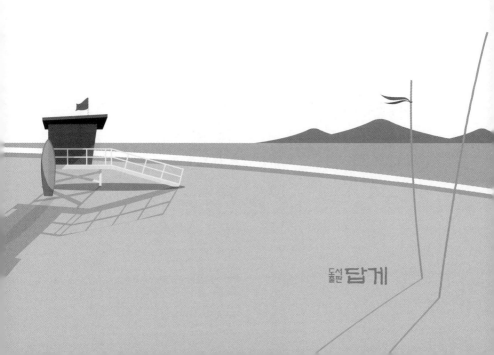

도서출판 답게

아파본 사람만이 아픔을 안다지요!

제 위로는 세 명의 오빠가 있습니다. 아버지는 아들 셋을 내리 낳은 후에야 딸을 얻었습니다. 지어낸 말일 수도 있지만 착한 일 백 번을 해서 겨우 얻은 딸이라는 말을 들었을 때부터 나는 내가 자랑스러웠습니다. 오빠들 이름을 지을 때도 좋은 뜻만 골라 지었겠지만 돌림 자를 따르지 않는 딸 이름을 짓기란 쉽지 않았을 겁니다.

김미희라는 제 이름은 아버지가 고민을 거듭해서 지어주신 이름이지만 흔한 이름입니다. 귀하고 아름다운 것들은 흔한 이름에 넣나 봅니다. 모모(某某)도 누군지 모를 때 부르는 이름이지만 일기 장 속 모모는 나의 연인이었고 특별했습니다.

첫 동시집을 낼 때 출판사 대표님이 필명 안 쓰고 그대로 본명을 쓸 거냐고 물었습니다. 그때 눈에 띄는 이름으로 바꿀까도 잠시 생각했지만, 아버지가 지은 이름을 허락 없이 바꾼다는 게 달갑지 않아서 본명을 그대로 쓰기로 했습니다.

강연에 가면 '작가님, 사인해주세요'라며 내민 책이 제 책이 아닐 때도 있습니다.
그러면 저는 이렇게 인사합니다.
"저는 우도에서 태어난 시인이자 동화작가입니다."

우도에 와 본 문우들은 한결같이 말합니다.
"네가 작가가 된 연유를 알겠어."
그렇습니다. 우도가 글을 쓰게 합니다.
내게 우도는 커다란 우주였습니다.
어린 시절, 나의 전부였던 우도가 여기 있습니다.
아픔을 가진 사람을 만나면 말없이 감싸 안아주는 사람들이 정답게 살던 곳,
지금도 그들이 우도를 지키고 있습니다.
모모가 가진 아픔이 뭔지 정확히 몰랐지만, 어렴풋이 알 수 있었으므로 묻지도 따지지도 않고 섬 식구로 받아주었습니다. 섬사람들도 그런 아픔을 이미 겪었으니까요.

모모를 우리에게 보내준 상황은 비극이었지만 모모는 희극을 보여주었습니다.

우리는 우리가 자발적으로 선택하지 않은 삶으로 인해 고통을 받기도 하고 평생 슬픔을 안고 살아가기도 합니다.

어쩔 수 없는 '최선'으로 우리에게 왔지만 우리는 모모를 사랑했고 그에게 사랑하는 법을 배웠습니다.

내 일기장 속 모모를 이제 여러분에게 보냅니다.

믿음으로 기다려 주신, 답게 장소님 대표님과 격려를 아끼지 않으셨던 정두리 선생님, 이규희 선생님 고맙습니다. 곁에서 열정을 북돋아 주시는 미소록 선생님들, 대학 시절 세상을 보는 문을 달아준 나의 반쪽과 모모를 찾는 길에 기꺼이 함께해준 오빠들과 식구들, 아들 딸, 그리고 영희 언니, 지경, 민영, 봉선, 수정에게 고마운 마음을 전합니다.

코로나19의 폭압에도 희망은 자라는 여름에,

달챗작가

김미희

01
모모의 안경

　나는 내가 사는 곳이 섬인 줄 몰랐다. 어떻게 생겼는지 섬을 떠나 본 적이 없었기 때문에 꽤 자랄 때까지 알지 못했다. 설문대할망이 싼 오줌이 장강수(長江水)를 이루고 제주 섬 귀퉁이(정말 작은 조각)가 동강 나서 이 섬이 되었다는 전설도 훗날 알았다. 처음부터 섬에 길들었으므로 나는 섬이라는 곳이 살기에 불편하다는 걸 별로 못 느꼈다. 배를 타고 육지에 나가게 되었을 때도 잘 몰랐다. 섬사람들의 이동수단이 배라는 걸 가르쳐준 사람도 없었다. 가르쳐줄 필요가 없는 것이겠지. 섬을 떠나 육지에서 만난 사람들이 어디서 왔냐고 물어서 우도에서 왔다고 하면 깜짝 놀란다. 그 모습에서 섬사람인 게 특별한가 보다 느꼈다. 내 대답이 끝나면 정말이냐고 다시 한번 물었다. 그 놀라는 표정은 사람마다 달랐다. 섬사람이 정말로 이 지구상에 존재하는구나! 라는 경이로움으로 나를 보는가 하면 시골뜨기 중에 최고의 시골 촌뜨기를 보아 놀랍다는 표정이기도 했다. 어떻게 생각하든 상관없다.

중요한 건 내가 태어나고 자란 섬은 신기한 것들로 가득 찬, 내겐 영원히 잊지 못할 영화나 소설 속 공간이나 다름없다는 점이다. 우리가 주인공인 곳이다.

앞서 말했지만, 고등학생이 되어 큰 섬으로 나갈 때까지 내가 발 딛고 사는 이 섬이 내게는 광활한 우주였다. 학교도 코앞일 거라 생각하겠지만 30분을 걸어가야 닿을 수 있었다는 것만 봐도 그렇다. 누구는 그랬다. 섬에서 공을 차면 바닷물에 퐁당 빠지지 않느냐고. 내가 섬에 사는 동안 그런 일은 일어나지 않았다. 관광객이 아닌 원주민인 우리는 바닷가에서 공을 찬 적도 없다. 바닷가에서 굳이 공을 차며 놀지 않아도 될 만큼 놀 곳이 많았고 놀거리가 넘쳤다. 바다에선 헤엄치고 다이빙하는 것만으로도 충분했다. 여름이면 우리는 싱크로나이즈드스위밍 선수들이었다. 코까지 덮는 커다란 물안경을 쓰고 둘이 동시에 잠수해서 발끝을 하늘로 추켜 올려 수면 위로 내보내는 바다의 인어들이 바로 나와 친구들이었다. 연습도 없었는데 죽이 척척 맞았다. 우리 마음속에는 나름의 음악이 흘렀다. 음악에 맞춰 발끝으로 예술혼이 뿜어져 나왔다.

우도봉이란 작은 오름이 있다. 그때는 결코 그 산이 낮지 않았다. 헉헉대며 한참을 올라가야 우도봉 꼭대기에 가 앉을 수 있었다. 학교 운동장은 또 얼마나 넓었는지 모른다. 교문에서 교실까지 등굣길은 길어서 지각할까 봐, 개구멍처럼 작은 구멍을 지나 교실로 갔다.

그렇다. 내가 나고 자란 곳은 우도라는 작고 작은 섬이다. 몇 년 전부터 심심찮게 텔레비전에 나오기 전에는 알려지지 않은 낙도라고 불렸던 섬. 멀리서 보면 소가 누워 있는 모양이 그림처럼 펼쳐져 있다. 배를 타고 올 때 오른쪽으로 길게 우도봉이 한가로이 솟아있다. 큰 섬에서 보면 우도봉만 보인다. 섬의 한쪽 면만 보고 사람들은 그게 섬 전체인 줄 안다. 우도봉은 뒤에 많은 마을을 숨겨뒀다. 그 뒤로 넓디넓은 태평양도 숨기고 있다. 지금은 가본 사람도 많을 것이다. 우도를 소개하는 게 새삼스러울 수도 있다. 그러나 내가 자란 시절에 우도에 가본 사람은 많지 않았다. 그때는 '자연호'라는 장난감 같은 배가 작은 바람에도 자기 몸을 한없이 뒤척이며 하루에 한두 번만 다녔다.

한 번은 이런 일이 있었다. 내가 여덟 살인가 그 무렵. 육지에서 냄비나 그릇 따위를 팔러온 아주머니가 있었다. 그분이 이런 오지를 어떻게 알고 왔는지 모르겠다. 그때 왔던 그릇 장수는 우리 마을에서 그릇을 팔기는 했는지, 우리 어머니는 그릇을 샀는지 전혀 기억나지 않는다. 그릇을 파는 분이 우리 동네(섬에는 모두 열두 동네가 있다) 아주머니들을 우리 옆집으로 불러 모았다. 갔더니 얼굴 가득 웃음기를 띤 여자분이 분 냄새를 풍기며 얘기하고 있었다. 내가 기억하는 생각 퍼즐 몇 개는 이렇다.

"달걀을 깨뜨릴 줄 알아요?"

우리 동네 아주머니들을 향해 질문을 던졌는데 나는 으하하 웃음이 났다. 세상에 달걀 못 깨는 사람도 있나 싶었기 때문이다.

"어, 우리 꼬마는 알고 있나 보다."

놀랐다는 듯 친절함이 밴 눈빛으로 내게 물었다. 그런 질문에 대답을 한다는 것 자체가 우스워서 나는 웃으며 바라보기만 했다. 한 번 말해보라고 했지만 나는 침묵을 지켰다. 다른 아주머니들도 수줍어서인지, 질문이 우스워서인지 말없이 여자분이 정답을 말해주기를 기다렸다.

"달걀은 이렇게 흔들어서 깨뜨려야 해요. 그래야 달걀 막이 같이 딸려 오거든요."

그렇게 진지하고 이쁜 말투는 처음이었다. 이어 그릇 장수 아주머니가 또 물었다. 아주 오래전 일이고 질문인데 기억나는 걸 보면 질문 기법이 기억에 도움이 되는 게 확실하다.

"밥도 없고 급할 때 가게 달려가서 금방 해 먹는 거 있잖아요. 그게 뭐죠?"

금방 달려갈 수 있는 장소가 가게라고? 가게는 금방 달려갈 수 있는 곳이 아니었다. 그곳에 앉은 모두가 대답하지 못했다. 엉뚱하게도 정답은 라면이었다. 세상에! 라면이 급할 때 쪼르르 달려가 사서 먹는 거라니! 우리에겐 해당 사항 없는 질문이었다.

당시 섬사람들에게 라면은 언제든 살 수 있는 음식이 아닌 고급 음식이었다. 중학교를 졸업할 때까지 내가 라면을 먹어본 건 다섯 손가락 안에 꼽을 만하다. 휴대폰이니 컴퓨터니 그런 것들은 상상조차 하지 못했다. 텔레비전도 내가 아홉 살이 되어서야 구경할 수 있었다.

그런 섬이 내가 태어나서 자란 곳이다. 나는 거기서 한 사람을 만났다. 그분을 뭐라고 설명해야 하는지 잘 모르겠다. 아저씨라고 불러야 할지 오빠라고 불러야 할지 선생님이라고 불러야 할지. 문득문득 그 아저씨가 떠오르곤 했다. 나는 지금 그분이 어디서 무엇을 하는지 전혀 모른다. 죽었는지 살았는지 내가 인터넷을 뒤지며 찾아도 찾을 수 없었다. 혹시나 내가 책을 내서 많은 사람이 읽는다면, 그래서 그분이 책을 보게 된다면 내게 연락하지 않을까 하는 바람으로 글을 쓴다. 쓰면서 기도한다. 내 책이 그분께 전해지기를. 나는 그분께 꼭 하고 싶은 말이 있다. 우리 오빠들도 현아와 경이 언니도 마을 사람들도 마찬가지다. 이런 글을 쓰도록 부추긴 것도 사실은 현아와 경이 언니다. 넌 작가씩이나 돼서 모모 찾는 글도 안 쓰고 뭐 하냐? 이들은 갓 등단한 내가 무슨 노벨상을 탄 작가만큼 유명한 줄 안다.

우리가 수소문해서 찾고 오랫동안 기다리는데 한 번도 연락하지 않는 것을 이해할 수가 없다. 기다리는 것만이 우리가 할 수 있는 전부라는 건 무척 답답한 일이다. 우리는 그분의 이름조차 모른다. 우리는 그냥 모모라고 불렀다. 그는 분명 군인은 아니었다. 그런데 등대초소에 근무하는 군인들과 살았다. 등대초소는 해양경비를 맡는 군인(의무경찰)들이 있는 곳이다.

우도봉엔 백 살 넘은 할아버지 등대가 있다. 지금은 새로 온 어린 등대가 일하기 때문에 백열 살 넘은 할아버지 등대는 쉬고 있다. 그때 할아버지 등대도 지금보다 삼십몇 살은 더 젊었다. 군인도 아닌데 군인들과 등대초소에 살았던 모모. 어떻게 해서 등대초소에서 군인들과 살게 되었는지 아직도 알 길이 없다. 만나면 그것부터 물어보리라. 짧은 시간이지만 모모는 우리 선생님이기도 했다. 아쉽게도 우리는 모모 사진을 한 장도 갖고 있지 않다. 그래서 사진을 보듯 자세히, 되도록 자세히 얘기하려고 한다.

"혹시 책 속 주인공이 제가 아닐까 싶은데요."

라고 말하는 사람들로 출판사 전화기가 쉴 새 없이 울려대는 일이 없도록 말이다.

아저씨를 만난 건 아홉 살 추석이었다. 차례가 끝나고 엄마는 보자기에 음식을 쌌다. 음식을 들고 어머니를 따라서 우도봉에 올랐다. 우리 동네는 영일동이다. 해를 맞이하는 동네. 우도봉에 가면 아침마다 떠오르는 해를 만날 수 있다. 하지만 빨리 일어나야만 볼 수 있다. 아버지는 새벽마다 우도봉으로 소를 몰고 가서 너른 풀밭에 풀어놓았다. 나는 일찍 일어날 수 없었으므로 아홉 살이나 먹을 동안 떠오르는 해를 겨우 한 번 봤을 뿐이다. 하지만 해를 맞이하는 동네에 우도봉이 있다니 우리 동네가 자랑스러운 이유이기도 했다.

우도봉에 오르면서 나는 두 번이나 쉬었다. 숨이 찼지만, 부지런히 올랐다. 군인 초소에 도착했더니 친구들이 여럿 와 있었다. 친구들도 음식을 싸 들고 저마다 어머니 손을 잡고 왔다. 그날은 군인 아저씨들의 숙소를 개방한다. 우리 조무래기들은 군인 아저씨들 침대에서 텀블링하고 퐁퐁 뛰며 순식간에 놀이터로 만들어 버렸다. 어머니들은 보자기마다 가져온 음식을 펼쳐놓고 어서 먹으라고 군인 아저씨들을 재촉했다. 아저씨들 열댓 명이 식당에 둥그렇게 둘러앉아 맛있게 먹었다.

그날 모모 아저씨를 만났다. 두고두고 후회되는 건 그때 자세하게 이름을 물어보지 못한 것이다. 별명 말고 이름을 물어봤어야 했다. 군인들은 제복에 이름표를 항상 달고 다니는데 말이다. 가만 생각해보면 모모 아저씨는 군인 옷을 입었지만, 이름표가 없었다. 그다음 만났을 때도 없었다.

볼 때마다 아저씨 손에는 책이 들려있었다. 제목은 기억나지 않는다. 글씨들이 촘촘하게 박혀 있었다. 그렇게 책을 읽는 걸 좋아하는 사람이라면 이 책도 읽지 않을까 하는 기대를 해본다. 제목에서 모모 이름을 볼 테니까.

우리는 모모가 쓴 안경이 신기해서 얼굴을 돌려가면서 바라보곤 했다. 그러니까 첫 번째 힌트다. 모모는 안경을 썼다. 얼굴을 반이나 덮었던 까만 뿔테 안경. 앞머리는 길었고 안경 너머에 맑은 두 눈이 숨어있었다. 그리고 안경 다리가 시작되는 오른쪽 귀 옆에는 작은 사마귀가 나 있었다.

아저씨가 올망졸망 눈을 반짝이며 쳐다보는 우리 이름을 한 명씩 물어보았다. 내 차례가 되었다.

"넌 이름이 뭐니?"

"단온데요. 김단오. 단옷날 태어나서요."

"그렇구나. 얼굴처럼 이름도 이쁘네."

"아저씨는 이름이 뭔데요?"

"나? 모모라고 불러."

아저씨 입으로 가르쳐 준 이름이 모모였다. 왼쪽 귀에 모, 오른쪽 귀에 모. 한 자씩 들어와 콕 박혔다. 모모라는 이름이 얼마나 멋있었는지 모른다. 한동안 나는 일기를 쓰며 '모모에게'로 편지를 썼다. 한층 비밀스러웠다. 훨씬 자라서 모모는 유명한 소설책 제목이라는 것도 소설 속 주인공 이름이 모모라는 것도 알게 되었다. 모모는 일본말로 복숭아라는 것도.

고등학생이 된 현아와 나는 인터넷에 올라온 모모라는 가게마다 전화를 걸어본 적도 있다. 우도봉 모모를 아세요? 하고 물으면 그게 뭐냐고 묻는 사람부터 바쁜데 방해한다고 전화를 거칠게 끊은 사람도 있었다. 왜 그걸 묻느냐부터 시작해서 꽤 긴 대화가 이어질 때도 있었지만 결론은 모두 우도봉 모모가 아니었다.

우리에게 우도봉 모모는 인기가 많았다. 모모는 다른 군인 아저씨들과는 뭔가 좀 달랐다. 느낌이 그랬다. 군인 아저씨들은 아무도 모모에 대해 말해주지 않았다. 출생의 비밀처럼 군인 아저씨들도 정말 모르는 것 같았다. 우리가 알고자 하는 비밀의 열쇠를 쥔 사람은 없었다. 모모만이 열고 닫을 수 있었다. 그때는 알고 싶지도 않았다. 언젠가는 알게 되는 것이 세상살이의 이치니까. 정말이지 그럴 줄 알았다. 이렇게 오랫동안 모르게 될 줄은 짐작하지 못했다. 그때는 모모가 어디서 태어났든 뭐 하러 이곳으로 왔든 누구 때문에 이곳으로 오게 되었든 궁금하지 않았다. 우리와 잘 놀아주었고 항상 책을 읽고 책 속에 나오는 얘기를 해주었다.

그때 모모가 들려준 이야기들. 예를 들면, 소중한 머리칼을 팔아 남편의 시곗줄을 사는 이야기인 '크리스마스 선물' 같은. 지금도 몇 편은 모모의 목소리와 함께 또렷이 기억한다. 모모를 알고부터 나는 열쇠가 달린 우리 반 학급문고 책장의 세계 명작동화나 위인전을 읽게 되었다. 내가 동화작가가 된 건 그때 읽은 동화들 덕분이지 않을까. 학급문고엔 고작 세계 명작동화나 위인전밖에 없었지만, 학급문고의 책을 읽는 아이는 서넛에 불과했다. 내가 열쇠 담당이어서 빤히 알았다.

"아저씨, 고향이 어디예요?"

이렇게 물어보지 못한 아쉬움은 오래 밀물이 되어 나를 덮쳤다. 나는 당시 이런 것을 물을 줄 아는 나이가 아니었다. 고향이라는 단어도 몰랐으니까. 이름을 물어본 것도 모모가 먼저 우리 이름을 물어봐서이다. 그래야 대화가 이어지기 때문이었을 것이다. 고향이라는 뜻이 뭔지 알았고 물어볼 수 있었다면 나는 이 글을 쓰지 않았을지도 모른다. 모모가 사는 동네를 들었다면 지금이라도 그 동네로 가 모모를 찾으면 될 테니까. 그때 우리가 이렇게 모모를 찾아 헤매게 될 것을 알았더라면 꼭 물었겠지. 모모의 이름과 모모의 고향과 어떻게 이곳으로 왔는지 왜 그렇게 잠깐 머물다 사라졌는지를 속속들이 알았더라면 얼마나 좋을까.

아아, 모모. 보고 싶다. 바보 같은 짓을 시작했나? 어쩌면 이 글을 쓰면서 나는 모모를 더욱더 그리워하게 될지 모른다. 그리움은 그리움대로 추억은 추억대로 남겨 둬야 한다고 말하지만 나는 계속 쓰련다. 모모가 언젠가는 읽게 될 테니까. 모모는 우리보다 고작해야 열네다섯 살 정도 많았다. 그러니 하늘나라로 갔다고는 생각지 않는다. 분명 이 글을 읽게 되리란 믿음으로 나는 쓴다.

02
모모의 하모니카

　구름 한 점 없이 맑았다. 바람도 숨죽인 듯 고요한 토요일이었다. 토요일은 섬 학교 선생님들 표정이 밝다. 설렘으로 가득한 표정을 보며 우리도 덩달아 들뜨곤 했다. 수업을 마치면 선생님들은 학교 안에 있는 교사를 벗어나 큰 섬에 있는 집으로 돌아간다. 수업 시간에 떠들어도 눈짓으로 혼을 내는 시늉을 하고 끝이었다. 우리도 우르르 교문을 나와 동네별로 흩어져 돌아갔다. 내 발걸음도 둥둥 떠다녔다. 시내에서 고등학교에 다니는 큰오빠가 집에 오는 날이기 때문이다. 오빠가 온다는 사실만으로 우리 집은 활기가 넘친다. 오빠는 섬에서 난 수재였다. 중학생 때 오빠는 장학퀴즈에도 나갈 만큼 똑똑했다. 아버지는 큰오빠를 바라볼 때 얼마나 흐뭇해하는지 모른다. 아버지의 어깨가 으쓱하고도 남았다. 아버지가 흥겹게 농사를 짓는 이유가 큰오빠 때문이기도 했다. 이건 추측이 아니라 아버지의 반복된 증언이다.

　나는 신작로에서부터 오빠가 걸어올 길을 뚫어지게 보았다. 눈으로 길을 닦듯이 말이다.

"잘 있었어?"

자연호가 도착할 시간부터 한참 기다린 내게 오빠는 어깨를 톡톡 두들겨주는 것으로 인사를 마쳤다.

집에 온 오빠가 가방을 내려놓고 분주하게 창고를 들락거렸다.

"왔냐?"

아버지가 올레에 들어서며 인기척을 했다.

"네, 오늘 밤낚시 가려는데 낚싯대 이거 가져가면 되겠지요?"

오빠는 오랜만에 주말과 물때가 맞아 밤낚시를 가려는 것이다. 난 실망했다. 우리랑 놀아주리라 잔뜩 기대하고 있었는데 빗나갔다. 오빠가 불러주는 하모니카 소리도 듣고 싶었다. 하지만 나는 한마디도 하지 못했다. 오빠는 아버지만큼이나 어른 같았다. 나보다 10살이나 많았다.

"오늘 밤은 파도가 일어서 안 좋을 것 같다. 다음에 가지."

말은 이렇게 했으나 아버지도 강력하게 막지는 못했다. 네가 간다면 어쩔 수 없고, 그런 맘으로 얘기하는 것 같았다.

"아버지도 참, 바람 한 점 없는데 뭘 그러세요? 이런 날, 고기가 잘 무는 거 아시면서. 동호랑 고등학교 졸업 전에 마지막으로 가기로 약속했어요."

오빠는 어느새 흥얼거리고 있었다. 마당 한쪽에 낚싯대와 대바구니를 챙겨두고 씻기 시작했다.

물때 맞추기가 쉽지 않거니와 걸어서 검멀레 톨가니로 들어갈 수 있는 날이 주말과 딱 맞아떨어지는 일은 쉽지 않아 아버지도 더 말리지 않았다.

나는 학급문고에서 가져온 소공녀를 꺼냈다. 펴놓고만 있었다. 눈에 들어오지 않았다. 곁눈질로 오빠가 뭐 하는지에만 신경이 쓰였다. 오빠가 가방 앞쪽을 열어 하모니카를 꺼낸다. 하모니카와 오빠는 단짝이다. 언제나 함께이다. 후후 몇 번 불어 도레미 음을 맞춰보더니 마루에 걸터앉았다. 바로 내 옆에 말이다.

"나의 살던 고향은 꽃 피는 산골…"

'고향의 봄'을 불렀다. 오빠가 자주 불러 음은 이미 다 알고 있었다.

"뻐꾹 뻐꾹 뻐꾹새 논에서 울고…"

'오빠 생각'을 불렀다. 구슬프다는 게 이런 느낌이구나 싶었다.

"단오야, 하모니카 불어볼래?"

'가르쳐줄까?' 가 아니고 '불어볼래?' 라고 했다.

나는 고개를 끄덕였다. 오빠는 우등생답게 찬찬히 설명해주었다.

"하모니카엔 칸칸마다 이름이 달라. 여기는 도 레, 불면 도 마시면 레. 여기는 미파, 솔라 시도. 자 계이름대로 불어 봐."

'도'에 까만 줄 표시가 되어 있었다.

"후 후 후 후 후 후 후 후"

천천히 숨을 내뿜으며 어설프게 불렀다.

"잘하네! 다시 한번 더."

오빠가 더 신났다.

"후 후 후 후 후 후 후 후"

오빠 표정을 보자 나도 할 수 있을 것 같은 생각이 절로 들었다. 후후 뱉었다가 가슴으로 바람을 모아 불었다. 정말 마시고 뱉고에 따라 소리가 달랐다. 오빠는 손을 까닥까닥하며 도레미파솔라시도에 구령을 붙였다. 자연스럽게 계이름대로 불 수 있게 되었다.

"이 하모니카 안에 뭐가 들었는지 아니?"

"……."

숨이 찼다. 가늘게 숨소리가 헐떡였다. 나는 고개를 저었다.

"여기 무지무지 많은 게 들어있는데 단오가 꺼내줄래?"

이 안에 뭐가 들었길래? 그리고 내가 무슨 재주로 하모니카에 든 것들을 꺼낸단 말인가? 나는 빠르게 하모니카를 뒤집어보고 흔들어보았다. 아무것도 들어있지 않았다. 침이 튀어나왔을 뿐이다.

"누굴 제일 먼저 꺼내줄까? 산토끼?"

"……."

나는 환하게 웃었다. 이제 알겠다. 나는 산토끼 계이름을 학교 들어가면서부터 알고 있었다.

"솔~미미 솔미도 레~미레 도미솔."

조금씩 끊기긴 했지만, 그런대로 노래가 되었다.

"와, 산토끼가 나왔네. 어디 가냐고 물어보니까 뭐라더라?"

판소리 할 때 고수가 추임새를 넣듯 빠르게 끼어들어 물었다.

"도솔도솔 도솔미 솔레파 미레도."

내가 계이름을 생각하며 불자. 오빠가 손을 마주친다.

"어이쿠, 산토끼가 알밤 주우러 가버렸네."

나는 깔깔 웃었다. 얼굴이 상기되어 달아올랐다. 내가 오빠처럼 하모니카를 불다니 오늘 밤은 잠이 올 것 같지 않았다.

"이번엔 비행기를 날려 보낼까?"

오빠 얼굴도 상기되어 발그레했다.

"으응!"

나도 모르게 대답 소리가 커졌다. 비행기 계이름도 당연히 알고 있었으니까. 내가 자랑스러웠다.

"미~레도레 미미미 레레레 미솔솔 미~레도레 미미미 레레 미레도."

비행기 노래가 끝나자마자 오빠가 손가락으로 하늘을 가리켰다.

"저기 봐. 비행기가 벌써 저기까지 날아갔네."

오빠가 가리키는 하늘을 보았다. 하늘엔 구름 한 점 없었다. 내가 날려 보낸 비행기는 아직도 어딘가를 날고 있겠지. 그날 나는 셀 수도 없이 많은 비행기를 날려 보냈고 셀 수도 없이 많은 산토끼를 풀어주었다.

내가 새로운 노래를 알면 새로운 것들이 하모니카 안에 살다가 비로소 세상으로 나오게 되는 거라고 했다.

오빠가 다음 주에 '단오 하모니카 사다 줄게.' 하고 말했다.

"정말?"

좋아서 강아지처럼 깡충깡충 뛰었다. 소리치고 싶었다. 나 이제 하모니카 불 줄 안다! 하모니카도 생긴다!

오빠가 온 저녁, 정말 오랜만에 온 식구가 밥상을 앞에 두고 앉았다. 오빠가 제일 좋아하는 해삼이 올라왔다. 붉디붉은 해삼. 어머니는 아버지 앞에도 아닌 큰오빠 앞에 해삼 접시를 놓아두었다. 해삼이 남김없이 비워졌을 때 어머니는 오랫동안 바라던 숙제를 해결한 얼굴이었다. 우리 중 그 누구도 해삼에 손을 대지 않았다. 아버지는 딱, 한 점만 집어 드셨고(그래야 오빠가 먹으니까) 나와 동생은 뭉글뭉글한 게 싫다고 안 먹었다. 오빠 둘은 감히 해삼을 집을 엄두를 내지 못했다.

"어머니 닮아서 우리 단오 음감이 뛰어나요. 하모니카를 금방 배우더라고요. 가수가 왔다가 울고 가게 생겼다니까요."

오빠는 감탄 섞인 목소리로 밥상머리에서 내 칭찬을 했다. 내 얼굴이 해삼보다 붉어졌다.

"그러냐? 그럼 우리 보름딸 노래 들어 봐야지."

나는 으쓱하며 일어났다. 아버지는 아들만 내리 셋을 낳고 귀하게 얻은 딸이라며 기분 좋을 때는 나를 꼭 '보름딸'이라 불렀다.

"솔~미미 솔미도 레~미레 도미솔 도솔도솔 도솔미 솔 레파미레도."

저녁 밥상이 펼쳐진 무대에 박수갈채가 터졌다. 가슴이 펑 하고 터질 것 같았다.

"우와~~!"

동호 오빠가 들어오며 손뼉을 쳤다.

"안녕하세요?"

"어, 어서 와라. 저녁은 먹었냐?

"네, 막 먹고 오는 길입니다."

동호 오빠는 큰오빠처럼 제주시에서 고등학교에 다니는 오빠 친구다.

큰오빠는 동호 오빠랑 낚싯대를 메고 밤낚시를 떠났다. 밤에 하모니카를 더 불고 싶었지만 역시나 큰오빠는 하모니카를 주머니에 넣고 갔다.

나는 머릿속으로 천장에 하모니카를 그려 불다 잠이 들었다.

아버지 어머니가 수런거리는 소리에 깼다. 깨보니 오빠 둘도 다 일어나 있었다. 창문이 마구 흔들렸다. 전깃줄에서는 성성 거

센 휘파람 소리가 났다.

"내 이럴 줄 알았다. 어째 바람이 자는 낌새가 수상한 게 폭풍 전야 같더라니. 설마 했지만, 일기예보를 믿고 보냈는데…."

아버지 눈빛이 흔들렸다.

"어쩌면 좋아요? 여보, 얼른 사람들 깨워야겠어요."

아버지는 후레시를 들고 오빠가 낚시하러 간 우도봉 등대 아래 절벽인 톨가니 근처에 이미 다녀왔나 보았다. 선창가 파도 소리가 집 안까지 점령했다.

동호 어머니가 달려왔다. 정신이 반쯤 나간 모습이었다.

"아이고, 이를 어쩌면 좋습니까?"

잠이 확 달아났다. 동네 사람들은 횃불을 만들었다. 지서에 근무하는 경찰 아저씨들도 왔다. 고래 동굴로 이어지는 낚시터까지 걸어갈 수 있는 길은 이미 높은 파도에 가로막혀 있었다. 배를 띄울 수도 없었다. 길은 하나밖에 없었다. 절벽을 타고 내려가는 것이었다. 마을 사람들과 모두 우도봉 등대 쪽으로 올라갔다. 비바람에 횃불이 출렁이다 간신히 제자리를 찾곤 했다. 등대 불빛은 소용없었다.

"민식아!"

하나둘 셋 구령에 맞춰 사람들이 다 같이 큰오빠를 불렀다.

이번엔 동호 오빠를 불렀다.

"동호야!"

"민식아!"

"동호야!"

절벽 위로 아무런 대답도 돌아오지 않았다. 바람이 막고 있어서 못 들을 수도 있다. 파도가 너무 거세었다. 경비정을 불러 큰 섬에서 와도 그때는 이미 늦을 것이다. 사람들은 우도봉 절벽 한 쪽에서 다른 쪽으로 횃불을 돌리며 뛰어다녔다. 혹시나 소리가 들리지 않으면 횃불을 보고 오라고. 그러나 오빠들이 가져간 후레시 불빛은 떠오르지 않았다. 등대초소에 근무하던 군인에게도 비상이 걸렸다. 모모 아저씨도 왔다. 더 큰 횃불을 만들어 왔다. 횃불이 많아지고 밝아졌다. 아무런 인기척이 없으니 절벽을 타고 내려가 찾아봐야겠다고 경찰 아저씨가 서둘렀다.

"빗길이라 더 가파르고 미끄러울 텐데."

아주머니 한 분이 걱정스럽게 말했다.

"하는 데까지 해봐야죠."

경찰 아저씨들이 허리에 밧줄을 묶었다.

"이게 더 밝습니다."

모모 아저씨가 더 크고 날렵한 후레시를 건넸다. 횃불에 어리는 아저씨 안경은 빗방울이 채우고 있어서 표정을 읽을 수 없었다.

"조심하세요!"

동호 오빠 아버지가 경찰 아저씨의 어깨를 두드렸다.

"괜찮습니다. 횃불 이리 주십시오."

경찰 아저씨들은 구조용 밧줄을 허리 양쪽에 하나씩 더 묶고 등대 건물에 네 개의 밧줄을 고정하고 절벽을 타고 내려갔다. 두 개는 오빠들을 위한 밧줄이었다. 혹시 등대에 묶은 밧줄이 풀어질 때를 대비해서 몇몇 아저씨들이 밧줄을 잡고 있었다. 밧줄이 비바람에 흔들렸다. 후레시를 위로 크게 비추며 동그라미를 그리며 신호를 보내면 밧줄을 끌어 올리기로 했다.

모두 숨죽여 기다렸다. 세찬 비바람에 흠뻑 젖었다. 군인 아저씨들과 경찰 아저씨들을 빼고 마을 사람 누구 하나 비옷을 입고 있지 않았다. 자기 자식을 걱정하듯 한마음이었다. 감겼던 밧줄이 다 풀렸다. 무사히 내려갔나 보다.

초침 소리까지 들리는 것 같았다. 시간이 꽤 지나도 내려간 후레시는 소식이 없다.

수색은 한참 동안 이어졌다. 비바람은 더 거세어져만 갔다. 여름인데 폭풍우 치는 밤은 소리만으로도 덜덜 떨렸다. 서센 파도와 강한 바람만 이야기를 주고받았다. 사람들 소리는 다 삼켜버렸다. 경찰 아저씨가 확성기를 들고 다시 불렀다.

"찾았습니까?"

"……"

"이보세요"

"……"

마음속에서 초침이 째깍째깍 소리를 내며 달렸다.

"김 경사!"

대장인 듯 보이는 경찰 아저씨가 사이렌을 한 번 울리고 불렀다.

"양 병장!"

군인 아저씨들은 한 줄로 서서 바라보았다. 만날 보던 파도 소리, 만날 맡던 익숙한 바다 냄새가 오늘은 낯설었다. 모모 아저씨가 나를 보았다. 안경엔 빗방울이 땡땡땡 눈물을 그리고 있었다. 눈빛을 알 순 없었지만 모모 아저씨도 얼마나 걱정하는지 그 마음이 전해졌다. 나는 턱까지 덜덜 떨렸다. 혹시나 오빠가 잘못되면 어쩌나 깜깜한 하늘에 숨어있는 별들에 기도했다. 별은 많으니까 많은 별 중 하나라도 내 기도를 들어주겠지.

"불빛입니다!"

이삼십 분이 지난 후 코가 뭉툭한 군인 아저씨가 소리쳤다. 희미하지만 후레시 불빛이 동그라미를 그렸다. 경찰 아저씨들과 우리 동네 사람들은 밧줄 네 개를 당기기 시작했다.

"영차영차"

있는 힘껏 잡아당겼다. 영차영차 소리가 우도봉을 깨우고도 남을 만큼 울렸다. 아이들은 횃불을 키보다 높이 들고 어른들은 밧줄을 잡아당기는 데 마음을 모았다.

"아니? 이쪽 밧줄은 비었습니다."

밧줄 하나가 제일 먼저 절벽 위로 올라왔다. 그 밧줄엔 아무도 없었다. 순간 힘을 내 다른 밧줄을 당기던 어머니와 동호 어머니는 그 자리에 주저앉고 말았다. 아무 말도 못 했다. 사람들은 다른 밧줄을 마저 당겼다. 사람들은 빈 밧줄을 보며 모두 할 말을 잃었다.

"동호야!"

벌떡 일어나 소리치며 동호 오빠에게로 달려간 건 동호 어머니였다.

"아이고, 동호야! 민식이는?"

동호 오빠를 향해 동호 어머니가 물었다.

"민식이는?"

동호 아버지가 한 번 더 물었다. 어머니는 동호 오빠 입술만 봤다. 동호 오빠는 아무 말도 못 한 채 눈물만 흘렸다. 그리고는 그 자리에 쓰러져 정신을 잃었다. 사람들은 대답을 듣지 못했지만 알아차렸다. 아버지는 넋이 나간 사람처럼 빗물이 가득한 바닥에 주저앉았다.

"우리 민식이. 민식아!"

어머니가 울부짖었다. 끝내 오빠를 찾지 못했다. 경찰은 동호 오빠가 살아있는 것도 기적이라고 했다. 사람들은 태평양 너른 바다가 오빠를 품어줬을 거라고 했다.

오빠를 잃은 후 아버지와 어머니는 말이 없어졌다. 오빠를 잃기 전과 같은 건 해가 뜨고 지는 것밖에 없었다. 밥을 먹어도 밥 맛이 전과 같지 않았다. 웃어도 웃는 게 아니었다. 마을 사람들도 어떻게 위로를 해야 할지 몰랐다. 동호 오빠는 파도에 쓸려가다 운 좋게 바위에 걸려 있었다고 했다. 병원에 실려 간 동호 오빠는 한 달 동안이나 병원에 있었고 일 년 동안 휴학했다.

아버지는 우리 집에 있는 낚싯대란 낚싯대는 몽땅 쓸어다 불에 태워버렸다. 그때부터 아버지는 미안하다는 말을 달고 살았다. 우도에서 8남매 중 유일하게 할아버지 할머니의 산소를 지키며 살아왔는데, 우도를 떠나 못 산다던 분인데, 우도에 태어나게 해서 미안하다. 내 아들이어서 미안하다. 온통 미안한 것투성이였다. 오빠가 운동회 때 풍선을 들고 오다가 놓친 적이 있었는데 그때 풍선을 찾아주지 못한 것도 새삼 미안하단다. 오빠 생각만 하면 아버지는 미안한 사람이 되어버렸다.

어머니는 날마다 바다로 해녀 일을 하러 나가면서 오빠를 만날 수 있을 거라 했다. 어딘가에 꼭 살아있을 거로 생각했다.

'우리 민식이는 수영을 잘하거든. 탁발 온 스님도 우리 민식이는 세상을 구할 상이라고 했어. 오래오래 장수할 운이라고 했어. 암만.'

어머니는 오빠를 만날 거란 믿음을 저버리지 않았다. 다른 해녀들보다 일찍 바다에 들어갔다. 바다에서 오빠를 만나고 싶으셨으니까.

어머니가 오빠를 만나듯 나도 오빠를 만나러 우도봉에 올랐다. 우도봉에 올라 바다를 바라보다 집으로 돌아오곤 했다. 오빠가 저 멀리서 하모니카를 불며 내게로 올 것만 같았다. '오빠 생각' 계이름이 맴돌았다.

"뜸북뜸북 뜸북새 논에서 울고 뻐꾹뻐꾹 뻐꾹새 숲에서 울 제……."

목이 메어 일 절을 다 부르지 못했다. 울음을 삼키려는데 울음 덩이가 너무 컸다. 자꾸 목에 걸렸다. 나머지 구절은 마음속에서만 흘렀다. 혹시 누가 볼까 봐 무릎을 세워 턱까지 끌어다 눈물을 감췄다. 주위의 풀잎을 무심하게 뜯어댔다. 마음속에선 노래가 슬프게 이어졌다. 논에서 숲에서 대신 바다에서, 뜸북새 뻐꾹새 대신 뱃고동이 울렸다.

"단오야!"

언제 왔을까? 내가 여기 있는 걸 어떻게 알았을까? 모모가 내 뒤에 와 있었다. 못 본 지 꽤 됐는데 바로 어제 만났던 사람처럼 느껴졌다.

"이거!"

모모 아저씨가 내민 건 하모니카였다.

"어서 받아. 선물, 아니 수강료."

나는 아무 말도 못 하고 하모니카를 받아들었다.

"단오가 하모니카 좀 가르쳐줄래?"

모모 아저씨는 주머니에서 다른 하모니카를 꺼냈다. 처음 보는 물건을 만지듯 모모는 하모니카를 탐색했다. 그 모습이 꼭 호기심 가득한 다섯 살짜리 꼬마를 닮았다. 후후후후후. 소리가 엉성했다. 엇나갔다.

"이 간단해 보이는 게 왜 난 안 되는 거야?"

하모니카를 손바닥에 탁탁 쳤다. 나는 웃을 수가 없었다.

"단오야, 내가 요즘 개그를 배우는 중이거든. 너 말 울음소리 낼 수 있어? 잘 들어 봐."

모모 아저씨는 내 기분을 알아챘는지 느닷없이 개그 얘기를 꺼냈다.

"말 울음소리를 내려면 다른 거 없어. 자기 얼굴이 말처럼 길~다는 생각을 먼저 해야 해. 난 '말'이다 생각하라고. 알았지? 요~렇게! 그리고 이 상태에서 휘이잉 하면 되는 거지. 어때 너도 해 봐. 일단 말처럼 얼굴이 길다고 생각하고 요렇게 하고 휘이잉!"

모모 아저씨가 턱과 머리를 위아래로 길게 잡아 늘어뜨리고 소리를 질렀다.

"푸~웃"

내 울음주머니는 웃음보로 바뀌어 터지고 말았다.

"언제까지 개그만 할 거예요? 하모니카는 안 배우실 거예요?"

"넵, 선생님!"

모모 아저씨는 자세를 고쳐 앉으며 군인처럼 경례를 붙였다.

"하모니카는 소리를 실은 기차예요. 여기는 도레, 뱉으면 도 마시면 레. 여기는 미파, 솔라 시도. 자 계이름대로 불어보세요. 이렇게. 도 레 미 파 솔 라 시 도."

모모 아저씨는 아주 뛰어난 학생이었다. '도' 자리 스티커 표시
가 되어 있지 않은데도 금세 도를 찾았다.

"그럼, 우리 하모니카에서 산토끼를 불러낼까요?"

하모니카를 가르쳐 주던 큰오빠 표정이 그대로 눈앞에 떠올
랐다.

'우리 단오 정말 잘하네! 저기, 저기 봐라. 하모니카에서 산토
끼가 나와 알밤 주우러 가네.'

마당에 쪼르르 달려갔던 산토끼가 다시 이곳으로 왔다. 오빠
목소리가 또 들려왔다.

"이번엔 우리 비행기를 날려 보낼⋯."

가슴이 먹먹해 왔다. 내 목소리에 울음이 실리고 말았다. 입에
대고 있던 하모니카에 눈물이 점점이 떨어졌다.

"에이, 선생님이 울면 학생은 어쩌라고요? 비행기 날려 보내줘
야죠. 하모니카 안에서 얼마나 갑갑하겠어요?"

모모 아저씨는 자세를 가다듬고 떴다 떴다 비행기 우리 비행기
를 힘차게 불었다.

"한 대는 재미없으니까 두 대를 날려 보낼까요? 저기 태평양
위로 한 대! 우리 아버지 계신 저 나라로 또 한 대!"

"미 레도레 미미미 레레레 미솔솔 미 레도레 미미미 레레 미 레
도"

모모 아저씨는 비행기 노래를 한 번 더 불렀다. 하모니카에서 두 대가 나왔다. 나는 모모 아저씨네 아버지 계신 나라가 어딘지 묻지 않았다. 알 수 있었으니까. 우리 오빠처럼 영원히 만날 수 없는 나라에 가셨다는 것을.

"아저씨, 하모니카 잘 부네요."

나는 눈물을 닦고 놀라 물었다. 계이름 위치밖에 배우지 않았는데 음 하나 틀리지 않고 '비행기' 노래를 불렀다.

"헤헤. 선생님이 너무 훌륭하셔서 얼굴만 봐도 하모니카가 저절로 불어지거든요. 이 안에 또 뭐가 있을까요? 뭘 내보내 줄까요?"

모모 아저씨는 바보처럼 웃고 있었다.

"내 하모니카엔 산토끼랑 비행기밖에 안 들었는데요."

나는 아직 두 곡밖에 모른다. 우리 오빠한테 두 곡밖에 배우지 못했으니까.

"그럼, 내가 불러내 볼까?"

모모 아저씨는 금세 '해당화'도 피워냈고 '겨울나무'도 꺼내 우리 옆에 세웠다. 모모 아저씨는 하모니카에서 원래 아주 많은 것들을 구해 낼 줄 알았다. 하모니카를 가르쳐달라던 것은 내게 하모니카를 주기 위한 구실이었다.

모모 아저씨는 내게 여러 곡을 가르쳐 주었다. 나는 하모니카에서 셀 수도 없이 많은 것들을 꺼내서 세상으로 내놓을 줄 알게 되었다. 하지만 '오빠 생각'은 한 번도 부르지 않았다. 큰오빠가 하모니카에서 나와 나를 울릴 것만 같았기 때문이다.

모모 아저씨는 어릴 때 아버지에게 하모니카를 배웠다고 했다. 모모 아저씨의 하모니카는 겉이 은색이고 칸 칸은 검은색이다. 내 하모니카도 똑같다. 우리 오빠 하모니카도 그렇다. 지금도 우리 오빠 주머니엔 여전히 하모니카가 들어있을 것이다.

우리 오빠는, 모모 아저씨네 아버지는 지금도 어딘가에서 하모니카 속의 나무들, 꽃들, 아가들, 풀들, 하늘, 별, 달, 사랑을 꺼내고 있을 것이다. 그래서 이렇게 세상 모든 것들이 내 곁으로 오는 것이다. 꽃들이 그냥 피는 게 아니었다. 모든 것들은 그냥 우리 곁에 있는 게 아니었다. 오빠가, 모모 아저씨네 아버지가 그리고 사랑하는 누군가가 우리에게 보내는 것이다. 그래서 내게 소중하지 않은 건 없다. 우리가 세상을 사랑해야 하는 이유라고 말해준 사람, 그 사람이 바로 모모였다.

03
모모의 도장

　우도봉엔 나이 많은 등대도 있지만, 공동묘지도 있다. 영혼은 하늘나라로 가도 몸은 섬에 남는다. 불룩불룩 솟은 무덤들이, 비석들이 점점 늘어간다. 우도봉 공동묘지의 밤은 오싹하다. 자라면서 들었던 귀신 이야기들 속 주인공들이 릴레이 하듯 따라온다. 요즘은 가로등이 여럿 있어서 길을 밝혀주지만, 가로등도 없었던 옛날이 거기 있었다. 지금 생각해도 어린 시절의 나는 무모했다. 오빠들을 따라다니면서 많이도 어울렸다. 일곱 살 때 오빠들처럼 서서 오줌 누느라 바지를 함빡 적신 적도 있다.

　지금도 떠올리면 오싹해지는 어느 밤의 일이다. 내가 왜 그런 내기를 했을까? 그건 순전히 남자애들이 놀려서 시작된 거다.
　"야, 지지빠이, 넌 왜 만날 우리만 따라다니냐?"
　종호가 작정하고 시비를 걸었다. 지지빠이는 제주도 사투리이다. 계집애라는 뜻이다.

"뭐? 지지빠이? 밤에 변소도 혼자 못 가는 겁쟁이가!"

어제 종호 할머니가 하는 얘기를 다 들었다.

"뭐? 그러는 너는 밤에 공동묘지 갈 수 있어? 그것도 못 하면서."

종호 옆에서 설마 그건 못 하지 하는 표정으로 지민이도 웃고 있다.

"뭐 하라면 못 할 줄 알고? 내가 갔다 오면 넌 뭐 해 줄 건데?"

나는 애써 의기양양하게 물었다.

"이백 원 줄게."

이백 원이면 만화방에서 텔레비전을 한참 볼 수 있다.

"이백 원, 지금 줘."

"내가 미쳤냐? 갔다 오지도 않았는데 뭘 믿고 주냐?"

종호가 어림없다는 듯이 따지고 들었다.

"그럼 오십 원 먼저 줘. 나머지는 다녀와서 받을게."

10원짜리 다섯 개를 볼모로 나는 무지막지한 밤과 마주했다. 텔레비전을 볼 수 있다는 것만 생각하려고 했다. 끝내 해보이고 말겠다고 이를 악물고 길을 나섰다. 공동묘지를 지나 등대 지키는 군인 아저씨에게 가 도장을 받아오면 되는 거다. 9살 꼬마가 공동묘지를, 지금 생각해도 억지라고밖에.

동천진동에서 공동묘지 가는 초입에 애들이 서 있고 나 혼자 등대를 향해 갔다. 공동묘지를 지나야 오를 수 있는 등대. 언제면

닿을까 눈앞이 아득하기만 했다. 30분 이상은 걸어가야 한다. 식은땀이 등에 길을 내며 흘렀다. 몇 걸음 가지도 않았는데 발이 허공을 짚는 것 같다. 나도 모르게 발걸음이 빨라졌다. 우우우 백년 묵은 여우 소리도 들리는 듯하다.

'어휴, 멍청이. 속았어. 속았어. 왜 그런 약속을 했을까?'

내가 생각해도 그렇게 어리석을 수 없다. 그깟 동전, 지금이라도 무를 수 있다면 없었던 일로 무르고 싶다. 소나이들이랑 안 놀면 그만이다. (소나이는 제주도 말로 뭐 달린 그런 남자애들을 말한다.)

'퍽!'

뭔가가 발에 걸렸다. 심장이 덜컥 내려앉았다. 작은 돌부리인데 큰 소리를 내며 굴렀다. 공동묘지에 밤만 되면 도깨비불이 지나다닌다는 말도 하필이면 더 또렷이 떠오르는 게 달갑지 않았다. 특히나 오늘처럼 안개가 낀 어스름 저녁이면 더 많이 날아다닌다는 말이 머릿속을 어지럽혔다. 도깨비불을 용철이 할머니도 봤다 하고 구배 할아버지도 봤다 했다. 하지만 한편으론 물러설수 없는 자존심 대결 같은 것이기도 했다. 동전이 아니어도 계집애가 어쩌고 하는 놀림을 받고서 넘어갈 수는 없는 노릇이다.

"야, 너 진짜 혼자 갈 수 있어?"

남자애들이 설마설마했다.

"야, 나를 뭐로 보고 그래?"

큰소리 뻥뻥 치며 씩씩한 척한 자신이 한없이 우습다. 끝까지 옷자락을 붙들고 잡으면 못 이기는 척 물러서려고 했는데 더는 말리지 않는 놈들이 야속했다.

이백 원으로 볼 수 있는 텔레비전도 결심에 한몫했다. 그 애들이 사는 동천진동에는 아직 텔레비전이 없다. 우리 영일동에도 동장인 종호네만 텔레비전이 있었다. 종호는 학교에 오기 무섭게 자기 집에 텔레비전 있다고 얼마나 으스대는지 눈꼴사나워 못 보겠다. 구슬치기할 때도 아이들은 일부러 져 주기도 하며 종호네서 텔레비전을 겨우 얻어 본다. 종호는 가운데 앉고 아이들은 종호 주위로 빙 둘러앉아 본다. 조그만 방이 꽉 찬다. 머리 뒤통수 때문에 안 보인다고 야단을 피우면 시끄럽게 하는 애는 안 보여 준다고 집에 가라 했다. 염라대왕의 고함보다 더 컸다. 그러면 아이들은 조용히 목을 빼고 머리 사이를 비집고 고개를 기웃거리며 본다. 잘 안 보여서 엉덩이를 들썩이면 이번에는 뒤에 앉은 애가 난리를 친다.

"야, 앉아라. 너 때문에 중요한 거 놓쳤잖아."

친구 사이인데도 눈을 흘기고 통박을 준다. 야속하게 던지는 말들도 텔레비전 소리에 묻혀 날아간다. 그런데 종호네에 이어 중앙동 만화방에도 텔레비전을 들여놨다. 실컷 보고 이십 원이다. 하루는 스포츠 영웅, 김일의 박치기를 보여준다고 해서 보러 갔다. 몇 년 전 경기를 지금 또 보여주는 것인데 손에 땀을 쥐게 하는 통쾌한 경기라고 했다. 작은오빠 따라서 갔다.

지금 생각해도 오싹하다. 만화방에 들어갈 때는 낮이었는데 보고 나오니 깜깜한 밤이었다. 그것도 달빛 하나 없는 그믐밤이었다. 집까지 갈 일이 걱정이었다. 레슬링을 볼 때 헤헤거리고 주먹 불끈 쥐며 흥분하던 얼굴빛은 온데간데없고, 아이들은 무서워서 그 자리에서 움직일 줄을 몰랐다. 그때 열한 살인 작은오빠가 좋은 돈벌이를 할 수 있겠다 싶었는지 나섰다.

"너희들, 내가 집까지 데려다줄 테니까 십 원씩 내."

"뭐? 십 원?"

용식이는 비싸다 싶은지 놀랐다.

"그럼, 형 혼자 어떻게 가려고? 쟤는 고작 지지빠이인데."

나는 확 주먹으로 한 대 치고 싶은 걸 참았다. 툭하면 이놈들은 나한테 계집애라고 놀린다.

"그래, 아무튼 십 원씩 내. 그럼 데려다줄게."

"오빠, 진짜 할 수 있어? 그냥 가자."

내가 오빠 손을 잡아당기며 속삭였다.

"괜찮아. 갈 수 있어."

오빠는 아무렇지도 않은 척 고개를 끄덕였지만, 맞잡은 손은 떨리고 있었다. 아이들을 다 데려다줬을 때는 만화방에서 나온 지 벌써 한 시간 반이 흘러 있었다. 이제 동천진동에서 우리 동네로 넘어가야 한다. 가장 험난한 코스가 남았다. 나는 울음이 터질 것 같았다.

"공동묘지를 관통하는 것도 아니잖아. 그 옆만 지나는걸."

오빠가 달리자고 했다. 오빠는 내 손을 꽉 잡고 뛰었다. 뛰다가 같이 넘어졌다. 우리는 귀신이 낚아챌세라 신발이 벗겨진 것도 모르고 뛰었다. 그날 밤에 오빠는 온몸에 열이 끓었고 이틀을 앓았다. 다행히 우리 집에 와 계셨던 외할머니의 지극정성으로 일어나 학교에 갈 수 있었다. 그게 불과 며칠 전이었다.

혼자도 처음이고 묘지를 가로지르는 것도 처음이지만 어쨌든 내게 공동묘지는 이번이 두 번째다. 처음이 아니라는 사실을 상기하니 그나마 자신감이 솟았다.

'김단오, 할 수 있다. 오빠랑 갔었던 길인데 뭘.'

공동묘지가 보인다. 마을 불빛은 희미하게 뒤로 사라졌다. 공동묘지 입구에는 언제 생겼는지 모르는 무덤이 반쯤 무너져 있었다. 길고 하얀 치마를 입은 여자 귀신이 머리를 풀고 나올 것만 같다. 다리에 힘을 실었다. 뒷다리에 쪽 소름이 돋았다.

밤안개가 온몸을 감쌌다. 주머니 안의 동전을 호두알처럼 굴려 보았다. 손안에서 뱅글거리는 동전 때문에 잠시 뿌듯해지기도 했다.

'이게 어디야?'

십 원짜리 다섯 개가 주머니를 가득 채우고 있었다. 어느새 동전도 땀에 젖었다. 바지 주머니에서 손을 꺼내 손바닥 땀을 쓱 문질러 닦았다. 발걸음을 빨리 옮겨 놓으며 달음질치듯이 걸었다.

'짤랑, 짤랑'

동전 소리가 따라왔다.

'터벅, 터벅'

발소리도 따라왔다. 자꾸자꾸 따라왔다. 누군가가 뒷덜미를 확 낚아챌 것 같다.

'짤랑, 짤랑, 터벅, 터벅…….'

나는 체육 시간에 달리기 시험을 치듯이 준비 땅, 구령을 붙이고 뛰기 시작했다. 있는 힘을 다해 뛰었다. 누군가도 있는 힘을 다해 쫓아온다. 나보다 먼저 앞서지는 않고 얄밉고, 치사하게 따라오기만 한다. 내가 달리는 그만큼만 속력을 내어 쫓아온다. 누굴까? 궁금하다. 하지만 뒤돌아보면 돌처럼 굳어 버린다는 전설을 믿기라도 하듯이 나는 끝내 뒤돌아보지 못했다. 아니, 돌아볼 수가 없었다.

그런데 저만치 앞에서 휘리릭, 뭔가 지나갔다. 불빛이다. 나는 잠시 멈췄다. 뒤따라오던 발자국도 잠시 멈췄다. 느릿느릿 짤랑대던 소리도 멈췄다. 팔을 뻗어 엄지손가락을 세우고 한쪽 눈을 감고 보았다. 할아버지가 했던 말이 생각났다. 세운 손가락 사이로 불빛이 왔다 갔다 하면 도깨비불이고 움직이지 않으면 집에서 흘러나오는 불빛이라 했다. 가만 보니 불빛이 이리저리 왼쪽, 오른쪽 움직이는 것 같다.

'엄마야~'

도깨비불이 틀림없다. 나는 다시 뛰기 시작했다. 온 힘을 다해 뛰었다. 발에 땀이 나서 신발이 미끌미끌했다. 등에서는 식은 땀이 주르륵 흘러내렸다. 쭈뼛쭈뼛 머리카락이 곤두섰다. 마침내 등대초소 불빛이 보였다.

'저기까지만 가면 된다.'

나는 냅다 달렸다. 심장이 쿵쾅, 벌렁거리며 방망이질을 하고 숨소리가 거칠어 쉬이 멈추지 않았다. 짤랑거리는 소리도 빠르게 따라왔다. 있는 힘을 다해 모모를 소리쳐 불렀다. 순간, 나를 따라오던 그 소리는 어딘가로 사라졌다. 초소 앞 싸리 울타리에 이를 때까지 뒷덜미를 잡을 듯 따라오던 무시무시한 그 무엇은 나를 쫓다가 아쉬워하며 도망간 것 같았다.

"아저~씨~이~! 모모 아저씨, 모. 모!"

헐떡헐떡, 숨이 가라앉을 생각을 하지 않았다. 어찌나 달음질을 쳤는지 옷이 흥건하게 다 젖었다. 초소에서 군인 아저씨가 나왔다.

"모모 아저씨, 모. 모……."

이어서 모모 아저씨가 따라 나왔다. 책을 읽고 있었는지 손에 책이 들려있었다.

"단오야 이 밤에 어쩐 일……?"

나는 모모의 질문이 채 끝나기도 전에 모모 아저씨 품에 푹 쓰러졌다.

어떻게 밤이 지나갔는지 모른다. 깨어보니 집이었고 아침이었다. 바지 주머니에는 동전이 어딘가로 흘러 두 개밖에 없었다. 잡을 듯 말 듯 따라오던 누군가가 훔쳐 간 게 틀림없다.

다음 날, 학교에 갔더니 내 얘기로 학교가 들썩였다. '밤에 공동묘지를 혼자 걸어서 다녀온 김단오'로 나를 말하는 수식어가 길었다.

"자, 도장!"

나는 도장이 찍힌 종이를 의기양양하게 종호 앞에 내밀었다. 도장 글자에 동그라미가 그려진 것을 보고 모모는 도장을 찍어주고 나를 업고서 우리 집에 데려다준 것이다. 말도 안 했는데 모모는 내가 도장을 받기 위해 그곳에 간 것을 어찌 알았을까? 말할 필요도 없이 통했다는 게 참 신기하고 고마웠다.

그때부터 나는 소나이들에게 '지지빠이'로 놀림 받지 않아도 되었다. 축구 할 때도 김단오! 우도봉 절벽의 고드름을 따서 칼싸움할 때도 나는 그냥 김단오였다.

"야, 김단오, 너 투수할래? 포수할래?"

종호가 물었다.

"나 홈런왕 할래."

3학년 여름방학, 풀만 무성해진 너른 밭에서 나무토막을 주워 규칙도 제멋대로인 동네 야구를 할 때도 나는 4번 타자, 김단오로 불렸다.

04
동지헌말

현아 할머니는 기저귀가 신경 쓰이는지 엉거주춤 오리걸음으로 걸어왔다.

"빨리 이리 와. 할머니."

경이 언니는 할머니를 방으로 잡아끌었다.

"왜 그래? 야단치는 거 난 싫어. 귀 아파. 무서워."

할머니는 아기였다. 경이 언니는 12살짜리 엄마였다.

"할머니, 이게 뭐야? 내가 할머니 때문에 정말 못 살겠어."

흠뻑 젖은 할머니의 면 기저귀를 가는 언니는 세 살짜리한테 대소변을 못 가린다고 야단치는 엄마 같았다.

"현아, 어서 이거 빨래통에 갖다 놔."

언니 손놀림은 하루 이틀 해 본 솜씨가 아니다. 언니가 없었다면 이런 뒤치다꺼리가 다 현아 차지였을 일이다.

"야단치면 엄마 미워."

현아 할머니 몸에는 몇 사람이 들어있는지 모른다. 할머니였다가, 아기였다가, 여중생이었다가 불쑥, 시시때때로 달리 나온다.

바다로 놀러 가고 싶어도 현아 할머니를 두고 갈 수가 없다. 기껏 노는 곳이 현아네 집 마당이다. 우리는 할머니 감시자이자 보호자다.

우리 엄마도 현아 엄마도 바다에 물질하러 갔다. 현아 엄마는 슈퍼우먼이다. 낮에는 바다에 가고, 바다에 안 들어가는 날은 유채밭에 김매고 보리밭에 김매고 고구마 심고 고구마밭에 김매고 고구마 거두어 빼떼기를 만들어 널고 말리고 팔고. 일, 일, 일의 연속이다. 겨울밤에는 잡아 온 성게를 까거나 바느질을 한다. 다른 집은 아빠나 오빠들이 밭일을 돕지만, 현아네는 아빠가 없다. 오빠도 없다.

현아와 경이 언니, 엄마, 할머니 다 여자뿐이다. 아빠는 원양어선을 타러 가서 영영 돌아오지 못했다. 경이 언니가 아빠처럼 씩씩한 이유다.

"오늘 밤에 언니 친구들 올 건데 너도 올 거지?"

대답은 뻔했다. 나는 한 달에 열흘은 현아네 집에서 먹고 잤다. 오빠들만 있는 우리 집보다 현아네 집이 훨씬 재밌고 편했다.

"당연하지. 우리 풀빵 틀 가져갈게."

우리는 틈만 나면 풀빵 틀에 밀가루 반죽을 부어서 빵을 구워 먹었다.

저녁을 먹고 현아네 집에 모였다. 경이 언니 친구들은 벌써 와 있었다. 발가벗고 헤엄칠 때부터 아는 언니들이다.

'이크.'

현아가 마루로 풍로를 들여오다가 흥건하게 고인 물을 밟았다. 또 할머니가 마루에다 오줌을 싸놓았다. 현아는 젖은 발을 들고 어기적대며 세면가로 갔다. 발부터 헹구고 걸레를 들고 왔다.

마침 현아 엄마가 방에서 나왔다. 우리는 동시에 일어나 눈으로 인사를 했다.

"벌써 시간이 이렇게 됐나?"

방문을 열자 바느질거리가 잔뜩 쌓인 게 보였다. 다음 달에 있을 동네 이장님 댁 혼수 이불을 만들고 있다.

"봐, 엄마. 또 쌌어."

현아는 구겨진 종잇장처럼 얼굴을 우그러뜨리고 말했다. 현아 엄마의 양팔 소매에 실밥이 묻어있었다. 침침한지 눈을 여러 번 끔벅거렸다.

"바느질 아직도 멀었어?"

밀가루 반죽을 섞으며 경이 언니가 걱정을 실어 물었다.

"좀 더 해야지. 오늘 안에 마무리해야 해. 풀빵 만들 거구나. 맛있게 먹어. 할머니는?"

조용해서 주무시냐고 묻는 거였다.

"방에. 아직."

경이 언니가 턱짓으로 할머니 방을 가리켰다. 할머니가 응얼응얼, 혼잣말하는 게 들렸다

"할머니 지겨워. 정말."

현아가 투덜댔다.

"우리 현아처럼 할머니를 잘 돌보는 손녀는 없을걸. 다른 애들은 우리 현아 발뒤꿈치만큼도 따라오지 못할걸."

현아 엄마는 아기 어르듯이 현아 엉덩이를 톡톡 쳤다.

"지금 그 말이 위로가 돼?"

걸레에서 물이 뚝뚝 떨어졌다. 엄마는 현아 투정을 한 귀로 흘려버리고 대야를 들고나와 오줌이 흐르는 걸레를 담았다.

"이리 줘. 내가 할게."

다른 한쪽 손에 들린 걸레를 빼앗아 마룻바닥을 쓱쓱 닦았다. 아무 말 없이 오래오래 걸레질을 했다. '뽀드득뽀드득' 방바닥이 아프다는 비명을 지를 때까지 닦고 또 닦으셨다. 걸레질하는 현아 엄마 뒷모습은 가냘팠다.

촛불을 켜고 작은방에 종종종 모여앉아서 진실게임을 했다.

"에이, 눈치 없이 눈물이 왜 나오고 난리야?"

경이 언니가 울먹였다. 엄마만 생각하면 눈물이 난다고. 그 얘기를 듣는데 나도 모르게 눈물이 났다. 언니 친구들도 소매로 눈물을 훔쳤다. 아빠 없는 아이가 자꾸 울면 다들 저를 하찮게 생각

할 것 같아 밖에서는 절대로 눈물을 보이지 않는다고 털어놓았다. 지난 추석에 등대초소 놀러 갔을 때 모모가 그랬단다. '철든다는 것은 다른 사람의 아픔을 이해할 줄 알게 되는 것'이라고. 언니 보고 일찍 철이 들었다고 했단다.

"우리 언니 모모 앞에서 울었어? 어른인 척하더니 울보네!"

현아가 산통 깨는 소리를 했다. 경이 언니는 어른이 맞다. 적어도 내가 보기엔.

우리는 작은방에 이불을 나란히 깔고 언제 잠들었는지도 모르게 잠들었다.

"얘, 아가, 산딸기 먹고 싶다. 산딸기!"

할머니가 방에서 나오며 산딸기 타령을 했다.

"우리 엄니 깨셨네. 산딸기 잡숫고 싶으세요? 밥해놓고 후딱 다녀올게요."

엄마는 자동으로 움직이는 로봇처럼 발딱 일어나서 부엌으로 갔다.

"지금 때가 어느 땐데 산딸기야?"

경이 언니는 이불을 뒤집어쓰며 구시렁거렸다. 현아 엄마를 따라다니며 할머니는 연신 산딸기 타령을 해댔다. 엄마가 곶감 말린 걸 내왔다. 지금 산딸기가 있을 턱이 없으니까. 아껴두었던 곶감이 분명하다.

"이게 아니여, 니는 이 늙은이보다 눈이 멀었어? 이건 산딸기가 아니여!"

쟁반에 담겼던 곶감이 제멋대로 쏟아졌다. 하얀 가루가 방에 날렸다.

"엄니, 이게 더 맛난 거예요. 우리 엄니, 이거 드시면 더 예뻐지실걸."

엄마는 곶감을 주워 잘게 잘라 할머니께 드렸다. 할머니는 뾰로통하게 돌아앉아 입을 다물었다. 한동안 돌부처처럼 돌아앉아 자신이 얼마나 화가 났는지 알아달라고 시위를 하더니 죄도 없는 곶감을 벽을 향해 마구 던졌다.

"아유, 증말!"

현아가 이불을 박차고 앉으며 짜증을 냈다.

"시에미는 하늘이여. 먹고 싶다는 것도 못 해주는 기 무슨 며느리여?"

현아 엄마는 수행하는 수도승처럼 할머니 호통을 묵묵히 들었다. 현아가 고모에게 전화하려는 걸 엄마가 말렸다. 전화해도 지금 시간에 고모들도 해결책이 있는 건 아니다. 치매가 오기 전에 현아 할머니는 그러지 않으셨는데, 현아 아빠가 살아 계셨다면 할머니는 예전의 맘씨 좋은 할머니 그대로일까? 아무 말도 할 수가 없었다. 현아 엄마도 안 됐고 경이 언니도, 현아도 눈물겹다. 우리는 눈곱을 떼지 못한 채 현아 할머니로부터 발발한 전쟁터에서 빠져나왔다.

일요일이었다.

"현아야, 현아야!"

현아랑 우리 집에서 만화를 보고 있는데 경이 언니가 현아를 부르며 달려왔다.

"할머니가 안 보여. 할머니가."

"어디 가셨지?"

우리는 신발을 꿰듯이 신고서 나갔다. 집 집마다 할머니를 부르며 찾았다. 남자아이들은 검멀레 동굴로 놀러 갔는지 우도봉에 썰매 타러 갔는지 집엔 개들만 지키고 있었다. 성게 철이라 해녀들은 찬 바다에 들었고 남자 어른들은 태왁 망사리 받을 때를 기다리며 모여서 노닥거리고 있었다.

"우리 할머니 봤어요?"

"또 나가셨냐? 저녁에는 오시겠지."

축사 안으로 마른 고구마 줄기를 나르던 아버지도 할머니를 못 봤다고 했다. 경이 언니, 현아, 나에 이어 주경이, 은희도 같이 할머니를 찾아 뛰어다녔다. 허사였다. 아직은 햇살이 사방에 온기를 뿌리고 있지만, 밤이 되면 큰일이다.

"할머니~이!"

"할머니~이!"

할머니는 어디에도 없었다.

"저건 뭐지?"

우도봉 쪽에서 연기가 올랐다.

"애들이 고구마 구워 먹나 보다. 가보자."

우리는 100m 달리기에 출전한 선수들처럼 뛰었다.

남자아이들 입가에 시커멓게 그을음이 번져있었다. 할머니는 거기에도 없었다.

"할머니 어서 돌려요, 더 어지럽게."

가까이서 신나게 놀고 있는 목소리가 들렸다. 한달음에 달려갔더니 목소리의 주인공은 모모였다. 모모 옆에서 어린아이처럼 놀고 있는 사람은 현아 할머니였다.

"알았어. 오빠. 내가 꼭 꿀 따줄게."

할머니가 검은 고무신을 벗어서 뱅글뱅글 돌리고 있었다.

"벌한테서 꿀은 제가 빼 드릴게요."

모모는 벌 꽁지에서 꿀을 뺀다면서 고무신에 든 벌을 잡은 듯 손을 오므리고 안을 엿보았다.

'겨울에 벌이 있을 리가?'

모모가 벌이라고 꺼낸 것은 작은 알사탕이었다. 모모는 사탕 껍질을 까서 할머니 입에 넣어주었다.

"아, 맛나다! 오빠 또 잡자."

할머니가 오물오물 사탕을 빨았다.

"할머니, 내일 또 잡고 오늘은 고구마 먹으러 가요."

모모가 할머니 손을 포개 잡고 불 가까이 왔다.

"할머니! 한참 찾았잖아요!"

경이 언니가 팔다리를 흔들고 구르며 타박했다.

"할머니가 호박벌을 잡아달래서. 많이 걱정했어?"

모모가 미안해했다.

"우리 완전 땀으로 목욕했어요."

현아가 투정을 부렸다.

"미처 몰랐네. 미안. 단오도 왔네. 올 줄 알고 고구마 많이 구웠지. 얼른 먹자."

모모가 우리 앉을 자리를 내줬다.

"야! 우리 할머니 여기 있으면 얘기를 해야 할 거 아냐? 우리가 얼마나 찾아다닌 줄 알아?"

경이 언니는 아무 죄도 없는 옆집 수홍이 오빠한테 화를 냈다.

"이따가 갈 때 모셔가려고 했지."

수홍이 오빠는 몹쓸 죄를 저지른 사람처럼 풀이 죽었다.

"오빠, 저 애 혼내줘."

할머니가 모모 보고 경이 언니를 혼내라고 했다.

"경이, 너 혼나고 싶지 않으면 고구마 먹는다. 알았나? 즉각 실시한다. 실시!"

군인도 아니면서 등대초소에 산다고 군인처럼 말했다. 할머니를 찾아서 마음이 놓여서인지 군고구마 맛은 일품이었다. 할머니가 불 앞에서 꾸벅꾸벅 졸았다.

"업히세요. 제가 모셔다드릴게요."

모모가 할머니를 업었다. 우리는 저녁도 못 먹을 만큼 부른 배를 안고 우도봉에서 내려왔다.

현아 엄마는 구덕에 성게 망사리를 짊어지고 마당으로 들어서고 있었다.

"아이고, 이런, 총각한테 신세를 졌네."

엄마가 댓돌에 구덕을 부리고 안방으로 달려갔다. 이부자리를 펴서 할머니를 받아 눕혔다. 현아 할머니는 아가처럼 잠들었다.

다음날은 현아 생일이었다. 저녁에 나는 현아에게 생일 선물을 주러 갔다.

"현아 미역국 먹자. 귀빠진 날 축하 혀!"

할머니는 예전의 할머니로 돌아와 있었다. 연기자를 하면 참 잘할 것 같다. 저렇게 자주 변하는 게 믿기지 않는다. 하지만 현아 생일만이라도 즐겁게 지낼 수 있어서 내가 다 기뻤다. 현아는 며칠 전에 고모가 준 선물에 기대가 컸다. 시내 사는 고모가 미리 주는 생일 선물이라며 잘 심고 지켜보라고 했다. 외국에 다녀오면서 고모부가 사 온 건데 글자가 열리는 강낭콩 씨앗이라고 했다. 무슨 글자가 피어날지 현아 만큼이나 나도 기대가 되었다. 뭐라고 쓰여있을까? 구멍 뚫린 플라스틱 그릇에 물을 주고 3일이 지나자 신통하게도 두 장의 싹이 났다. 그리고 오늘 현아 생일에 맞춰 꼬투리가 열렸다. 꼬투리가 완전히 열리자, 도르르 말렸던 종이가 떨어졌다. 할머니가 종이를 주워들어 펼쳤다.

"이 꼬부랑 글씨는 뭐고?"

happy birthday

"생일 축하한대요."

"거참 신통한 콩이네. 현아. 이 할미도 생일 축하헌다. 우리 현아는 엄마 닮아서 야무질 거구먼. 내가 잘 알지. 요기 볼에 복이 가득 들어있거든."

미역국도 손수 끓여주신 할머니는 현아에게 생일 덕담까지 했다. 현아는 오늘 같은 날이 오래 가기를 마당 위에 머문 보름달을 향해 간절히 빌었다. 나도 같이 마음 모아 빌었다.

'들그럭 들그럭'

현아 엄마의 재봉틀은 밤 깊도록 돌아갔다. 할머니가 쓰던 재봉틀을 발틀로 바꾼 것이다. 현아는 엄마 방을 '미자 양장점'이라 불렀다. 이유가 없는 날도 현아 집에서 많이 잤지만, 그날은 생일이니까 현아 집에서 재봉틀 소리를 들으며 둘이 다리를 엉켜 걸고 잠이 들었다.

"아직도 안 자? 눈곱 생긴다면서 왜 이리 늦게까지 해? 그만 해요. 벌써 한 시야."

경이 언니 소리에 나도 설핏 잠이 깼다.

"안 그래도 이제 자려던 참이다. 급한 거라서 그래. 다 됐다. 으차, 이거만 정리하고 자련다. 할머니 이불은 잘 덮고 주무시나 보자."

일어서는데 허리가 쉽게 펴지지 않는지 '끙' 신음이 절로 새 나왔다. 엄마는 주섬주섬 일감을 정리했다. 그때다. 할머니가 방문을 벌컥 열어젖혔다.

"여적 뭐 하는 짓거리여? 이 늙은 시에미 빨리 죽으라고 수의를 만들고 있는 것이여? 시퍼렇게 살아있는 시에미 빨리 죽으라고 밤낮으로 시끄럽게 재봉틀 돌리는 것이제? 잠도 안 자고……."

할머니는 얼굴 주름살이 부르르 떨리도록 악다구니를 썼다. 앙상한 손으로 허공에 삿대질까지 하면서 말이다. 내 가슴이 다 벌렁거렸다. 익숙해질 만도 한데 여전히 당황스럽다. 자는 척 눈을 감았다.

"우리 엄니, 오래오래 사셔야죠. 엄니 없이 어찌 살라고요? 수의를 짓는 게 아니고요. 우리 엄니 고운 옷 만들고 있지요. 어디 보자, 어디 보~자 우리 엄니는 어떤 옷이 어울리실까나?"

바느질하던 옷을 챙기며 말하는 현아 엄마의 '어디 보자' 소리는 춘향가의 한 대목처럼 가락이 실려 있다. 할머니는 그래도 민기지 않는지 한동안 욕을 해대다가 제풀에 지쳐 현아 엄마 손에 이끌려 할머니 방으로 들어갔다. 할머니한테 자장가를 불러드리는 현아 엄마 목소리는 피곤함을 싣고 흐르다 잦아들었다. 그제야 현아 엄마에게 밤이 찾아왔다. 멀찍이서 들려오는 자장가를 들으며 나도 잠이 들었다.

다음 날 3교시 쉬는 시간에 경이 언니가 우리 교실로 왔다.

"엄마가 쓰러져서 시내 병원으로 실려 갔어. 나는 할머니 돌봐야 하니까. 네가 고모 따라 병원 가 봐. 작은고모가 배 잡아두고 있을 거야. 선생님한테는 내가 말씀드릴게."

현아는 나한테 가방을 맡기고 중앙동 고모 집으로 갔다. 병원에 다녀온 현아는 경이 언니와 내게 이야기를 해줬다.

현아가 병실로 들어서자 현아 엄마는 링거를 꽂고 누워 있었단다.

"엄마, 괜찮아?"

"그럼 괜찮고말고. 할머니는?"

엄마는 아파 누워 있으면서까지 할머니 걱정을 하는 게 현아가 보기에도 못마땅했다.

"엄만 지금 할머니가 문제야? 언니가 잘 돌보겠지."

"어쩐다니? 할머니가 엄마 찾으시겠다."

"엄마는 할머니가 싫지도 않아? 걸핏하면 할머니, 할머니이~

엄마 입에서 제일 많이 나오는 말이 뭔지 알아? 아마 할머니일 거야."

현아 입에서는 브레이크가 고장 났는지 묻어두어야 하는 말들도 천방지축 튀어나왔다.

"…"

"엄마도 할머니 싫지?"

현아가 못된 망아지처럼 또 물었다.

"현아는 이 엄마가 싫으냐?"

현아는 엄마 물음이 얼마나 냉랭하게 들리던지 흐트러뜨렸던 자세를 고쳐 앉으며 대답했다.

"미쳤어? 엄마가 싫게?"

"그것 봐. 할머니는 나한테 엄마야."

현아 할머니랑 현아 엄마를 낳아준 외할머니랑은 둘도 없는 친구 사이였다고 했다. 연탄가스 중독으로 엄마는 아버지와 어머니를 한꺼번에 잃었단다. 그래서 현아 엄마가 열 살 때부터 같이 살았다. 부모를 잃은 10살의 꼬마를 딸처럼 키워준 사람이 지금의 현아 할머니라고 했다. 현아 엄마는 할머니에게 딸이자 며느리였다. 현아는 엄마 얘기를 듣고 아무 말도 할 수가 없었다.

"아빠는 그렇게 결혼시켜달라고 졸랐으면서 엄마랑 우리만 두고…"

현아는 어릴 때 돌아가신 아빠가 원망스러웠다.

"똑똑"

의사 선생님과 간호사가 회진을 돌았다. 의사 선생님이 엄마 가슴에 청진기를 대보더니 '어때요?' 무덤덤한 표정으로 일거리 하나를 처리하는 사람처럼 묻고는 뭘 적어 넣고 나갔다.

마침 병실로 들어오던 둘째 고모가 가방만 침대에 내려놓은 채 의사 선생님을 따라 나갔다가 다시 병실로 돌아왔다.

"애들은 어쩌고요?"

엄마가 몸을 일으키며 물었다.

"철이 아빠가 집에 왔어요. 엄마가 언니 어디 갔냐고 찾는대요."

고모가 의사 선생님에게 무슨 말을 들었는지 풀이 죽었다.

"고모, 엄마 언제 퇴원하래요?"

"으응, 이따가."

고모 얼굴에 그늘이 드리웠다.

"의사 선생님이 정밀검사를 받아 보는 게 좋겠다고. 의사가 뭐라 그러네요. 언니는 그동안 꽤 힘들었을 거라고 병원 한번 와보지 그랬어요?"

고모가 말을 더듬었다.

'엄마에게 무슨 문제가 있나?'

현아에게 불길함이 덮쳤다.

"고모도 알잖아요. 병원 나오기가 쉽나요? 뭐. 그럴 여유가 어

됐다고?"

현아 엄마가 이불깃에 흘러내린 실밥을 찾아 떼어내며 대답했다.

"언니, 우리 기왕 하는 김에 장 서방 친구가 있는 한길 대학병원. 거기 가 봅시다. 아무래도 아는 사람이 있는 곳이 나을 것 같고……."

고모가 대수롭지 않게 보이려고 애쓰는 게 느껴졌다.

"뭐 하러 육지까지 가요? 이제 괜찮아요. 좀 쉬면 괜찮을 거예요. 요즘 좀 무리했더니 몸살이 났나 봐요."

"언니, 의사 선생님도 거기 가보라 그러고. 경이 고모부한테도 연락해놨어요. 내일 바로 가봅시다. 자, 현아, 퇴원 준비하자."

다음 날 현아 엄마는 부산에 있는 병원에 가서 검사를 받았다. 고모와 고모부는 검진 결과를 알고 있는 것 같았지만 속 시원히 얘기해주지 않았다.

다음 날 현아 집에 고모들이 다 모였다. 나도 궁금해서 참을 수가 없었다. 우리 엄마도 같이 갔다. 현아 엄마는 머리를 못 감아서 가렵다고 저녁 먹자마자 머리를 감고 나왔다. 설거지를 끝낸 고모와 차를 들고 뒤따르는 고모부, 어른들 몇몇이 방에 둥그렇게 둘러앉았다.

"어머니는 잠드셨나 보네요."

젖은 머리를 빗으며 엄마가 물었다.

"언니! 어머니 시설에 모십시다."

고모는 다짜고짜 엉뚱한 대답을 했다. 시설은 현아 할머니와 비슷한 병을 앓고 있는 사람들을 돌봐주고 치료도 해주는 병원 같은 곳이란다. 부산에 알아봐 뒀다고 했다.

"…"

한동안 모두 말이 없었다. 침묵을 깬 건 현아 엄마였다.

"제가 잘 모시지 못하는 거 알아요. 그래도…….."

엄마는 말을 다 끝맺지 못했다.

"언니가 엄마 못 모셔서 그런 거 아니에요. 언니만큼 잘하는 사람이 어딨어요? ……. 언니 몸이 많이 안 좋아요. 치료하려면 한참 걸리고요. 당장 입원하래요. 엄마는 걱정하지 마세요. 언니 몸부터 챙기고 봐야죠. 언니는 정말 그 지경이 될 때까지… 어째 그리 둔하고 미련해요?"

고모는 많은 얘기를 끊었다 이었다 하며 한꺼번에 현아 엄마에게 따지듯이 쏟아냈다.

"그래요, 처남댁 몸부터 추스르고 봐야죠."

현아 둘째 고모부도 거들고 나섰다. 고모가 슬며시 현아 엄마 손을 당겨 잡았다. 심상치 않은 기운이 느껴졌다.

"고모, 우리 엄마 어디가 아픈 거예요? 죽는 병이에요?"

경이 언니가 눈에 눈물이 가득해서 물었다.

"아니야, 경아. 수술받으면 괜찮대. 너희 두고 엄마가 죽기는 왜 죽어."

"그래요. 경이 엄마. 수술 잘 받고 와요. 할머니 맡아줄 데가 있다니 얼마나 다행이에요. 그런 데가 있는 줄도 몰랐네. 경이랑 현아는 걱정하지 마요. 우리 단오랑 잘 챙겨서 학교 보낼 테니까 경이도 이제 다 컸고."

우리 엄마도 현아 엄마 손을 잡았다. 또다시 침묵이 흐르고 시곗바늘만 부지런을 떨었다.

잠시 후, 현아 고모부는 집으로 가고 막내 고모는 할머니 방에서 주무셨다. 경이 언니랑 현아는 엄마 방에서 같이 잤다.

"엄마, 아파도 참은 거야?"

"아냐. 그런 거 아냐. 엄마가 아프면 아프다고 하지. 며칠 입원해서 치료하면 괜찮을 거야. 걱정하지 말고 어서 자."

현아 엄마가 이불을 덮어줬다.

"할머니 거기 가면 적응 잘하실까? 하기야 거긴 다 전문가들이니까 잘 돌보시겠지? 그지, 엄마?"

현아 엄마는 말이 없었고, 경이 언니는 주저리주저리 떠들다가 엄마 손을 잡고 잠들었다. 잠에 취한 현아는 엄마에게 구시렁거렸다.

"엄마, 뭐해? 얼른 자. 더 아프면 어쩌려고 바느질이야?"

현아는 더는 말리지 못하고 밀려오는 잠 속으로 빠졌다. 나도 설핏 현아 소리와 재봉틀 소리가 들려 깼다가 다시 잠들었다. 현아는 엄마가 거의 못 주무셨을 거라고 아침 내내 걱정했다.

학교 같이 가려고 현아 집에 들렀다. 일찍부터 중앙동 사는 현아 고모부가 부산요양원에 할머니를 모셔가려고 왔다. 할머니가 좋아하는 것들이라면서 아침상이 푸짐했다. 동지팥죽도 올라와 있었다. 우리 집도 아침부터 팥죽을 먹었다. 엄마들은 무슨 무슨 날을 귀신처럼 안다. 나는 현아네 집에서 팥죽을 또 먹었다. 현아 할머니는 하얀 대접의 팥죽까지 말끔히 드셨다. 현아가 할머니 가시는 거 보고 학교에 간다고 해서 기다렸다.

할머니는 현아 고모가 씻겨드리고 옷 갈아입혀도 순순히 따랐다.

식사를 마친 현아 엄마는 상을 한쪽으로 밀치더니 보자기를 풀었다.

'뭐지?'

분홍 보자기에서 나온 건 버선이었다. 현아 엄마는 할머니 발을 내어 천천히 버선을 신겨드렸다.

"엄니, 버선이에요. 동지헌말 아시죠? 이 버선 신으시면요······ 오래오래 무병장수하신대요. 우리 엄니 오래오래 사셔야 돼······ 경이, 현아가 시집가서 결혼하고 애 낳을 때까지 오래오래 사셔야······ 우리 엄니 착한 엄니, 꼭 그러셔야 해요. 우리 엄니한테 꼭

맞네. 우리 엄니 발 맵시는 이쁘기도⋯⋯."

현아 엄마가 나직나직 얘기하는데 눈물방울이 바닥에 떨어졌다. 현아 엄마 말에는 흐느낌으로 그득해서 힘겹게 새어 나왔다. 꺼이꺼이 삼키는 울음이 반이었다. 현아 엄마가 어제 밤을 새워 만든 것은 고모랑 할머니에게 드릴 동지헌말, 버선이었다. 현아 고모가 눈물을 훔쳤다. 고모부는 고개를 돌려 먼 산을 봤다. 경이 언니와 현아가 할머니한테 가서 안겼다. 나도 울음을 참을 수가 없었다. 옷 소매가 다 젖었다.

"할머니, 할머니, 용서해 줘. 내가 못되게 군 거 모두 용서해 줘. 엉?"

현아가 할머니에게 안겨 엉엉 울음을 터트렸다. 할머니가 가만가만 현아 머리를 쓰다듬었다.

"아가, 아가, 심청이가 눈을 떴어."

돌연 현아 할머니가 심청이 얘기를 했다. 이야기 속에서는 심 봉사가 눈을 떠서 기뻐하는데 할머니 목소리는 기쁨에 겨운 소리가 아니다. 현아 할머니도 울고 있었다. 현아 엄마 눈에서도 그렁그렁 눈물이 가득 차 넘쳐흘렀다. 현아 고모는 장승처럼 옷소매를 만지작만지작 매만지고 있다. 고모 코가 시큰하니 붉다. 현아 고모부는 숨죽여 헛기침했다.

내일부터 현아 집에서 할머니를 볼 수 없겠네. 나는 눈물을 흘리지 않으려 시선을 위로 두었다. 가족사진이 보였다. 가족사진

속에서 할머니, 아빠, 엄마, 경이 언니, 현아가 행복하게 웃고 있었다.

현아 고모가 할머니를 일으켰다. 할머니 치마 속에서 버선코가 기웃대다 멀어져갔다. 현아 엄마도 같이 육지 병원으로 가려고 나섰다.

할머니 서랍장 위에 '메시지 콩' 줄기는 이파리를 여럿 내고 쑥쑥 뻗어 나가고 있었다.

모모가 소식을 들었는지 학교 다녀오자 현아네 집에서 기다리고 있었다. 등대에서 바람을 쐬면 기분이 나아질 거라고 우도봉으로 가자고 했다.

우리는 등대 옆에 나란히 앉아서 모모가 부는 하모니카 연주를 들었다. '꽃밭에서'는 현아 할머니가 좋아하던 노래다. 우리는 속으로 따라불렀다. 모모는 또 우리에게 호박벌 대신 할머니 고무신으로 잡아주었던 호박 맛 엿을 주었다. 우리는 눈물을 삼키며 먹었다. 현아 엄마 수술이 잘 돼서 건강하게 돌아오길 빌고 또 빌었다.

등대에 반짝, 길을 밝히는 불이 켜졌다. 불빛은 안개가 피어난 바다 위로 부채꼴을 그리며 돌았다. 정물화로 앉은 우리는 모모가 연이어 불러주는 노래를 들었다. 안개 낀 밤바다, 노래는 더욱 구슬피 이어졌다.

동지헌말(冬至獻襪)

동지부터 며느리들은 시할머니와 시어머니, 시누이 등
시집의 여자 어른들께 선물할 버선을 지었는 데 이를 동지헌말이라 한다.
동지부터 정초까지 동지헌말을 신고 다니면 건강하게 오래 산다는 이야기가 전
해진다.

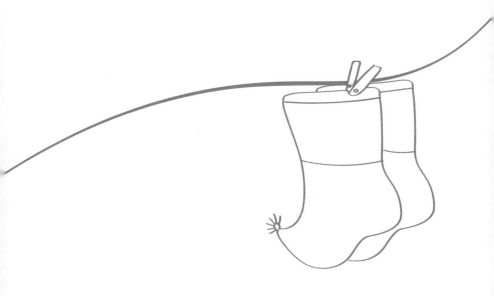

05
모모의 시험문제

　새 학년이 되고 한 달이 채워질 무렵 섬은 바쁜 철을 예고하고 있었다. 담으로 둘러친 보리밭마다 보리가 봄바람에 안달을 냈다. 청보리 춤을 감상하며 학교로 갔더니 새로운 소식이 기다리고 있었다.

　"오늘 선생님이 교통사고를 당하셔서 병원에 입원하셨다. 며칠간 새 선생님이 오신다. 모두 조용히 반장이 쓰는 걸 풀도록! 떠드는 사람은 오늘 고생깨나 할 거다."

　1반 부기철 선생님이 반장보고 산수 문제집을 주며 칠판에 베껴 쓰도록 했다.

　"새 선생님이 누굴까?"

　담임선생님이 얼마나 다쳤는지보다 어떤 선생님이 오실까? 여기저기 웅성거림으로 교실이 소란스러웠다. 눈으로 열심히 문제를 옮겨 썼지만 어떻게 풀었는지 모르겠다. 두 문제를 남겨두었을 때 교장 선생님이 문을 열고 오셨다. 선생님은 교실 밖에 서 계셨다. 교장 선생님은 워낙 큰 키여서 저절로 눈에 들어오는데 그날은 교장 선생님이 눈에 들어오지 않았다. 정웅이는 의자 위로 올라서려다 엉거주춤 내려앉았다. 교장 선생님의 눈총에 쏘였기 때문이다. 가슴은 콩닥콩닥 두근댔고 교실은 고요했다.

"당분간 여러분과 함께할 선생님입니다. 모두 잘 따라주기 바랍니다."

새 선생님이 교실로 들어섰다. 양복을 입고 있었다. 저 안경! 바로 모모 아저씨였다. 어떻게 해서 군인들이랑 함께 지내던 아저씨가 선생님으로 오게 되었는지 모를 일이었다.

섬에는 선생님들이 많지 않았다. 중학교 오빠들만 해도 미술 선생님께 국어를 함께 배웠다. 가정 선생님이 도덕도 가르치고 교감 선생님이 한자를 가르친다. 아버지한테 이 사실을 알리니 그냥 '그래? 그렇구나.' 하고 끄덕이기만 했다. 별일이 아니라는 듯 그런 일은 섬에서는 흔하디흔한 일이라는 듯.

"반갑습니다. 3학년 2반 여러분, 저는 모모라고 합니다. 잠깐이지만 잘 지내봅시다."

모모 아저씨는 어색해서인지 떨려서 그런 건지 쉬지 않고 두 손을 비볐다.

"이름이 모모예요? 성은 모. 이름도 모인가요?"

까불이 정웅이가 물었다.

"빙고!"

그렇게 모모 아저씨는 모모 선생님이 되었다.

고등학생 때 나는 우리나라 전화번호부를 다 뒤졌지만, 모모란 이름은 없었다. 모모는 별명이자 가명이었다. 교장 선생님도 다른 선생님들의 이름은 다 가르쳐주면서 왜 모모 아저씨 이름은 가르쳐 주지 않았는지 알다가도 모를 일이었다. 소문에 따르면 모모 선생님은 교장 선생님의 친척이라고 했다. 그게 아는 사실의 전부다. 그러나 그때는 그게 하나도 중요하지 않았다. 모모 선생님은 우리에게 그냥 모모였다. 그것으로 충분했다. 누구의 친척이든 이름이 뭐든 상관없었다.

밤이면 얼른 아침이 밝아서 학교에 갔으면 했다. 모모가 얼마나 재미있는 사람인지 나는 진즉부터 알고 있었는데 아이들은 이제야 알았다는 듯 배꼽을 쥐었다. 담임선생님께는 정말 미안했지만 좀 더 입원해 있기를 바랐고 오래오래 모모가 담임으로 함께하게 되기를 바랐다.

낙도여서 그 해부터 학교에서 급식을 주었다. 점심시간이 끝나는 종이 울렸다. 저마다 자기 자리를 찾아가느라 말방울이 경적을 울리듯 요란하다가 일제히 탁 멈췄다. 모모가 들어왔다. 아이들은 모모 얼굴만 봐도 피식피식 웃었다.

"여러분, 배부르죠?"

모모는 그렇게 물으며 하릴없이 왔다 갔다 했다.

"왜 자꾸 왔다 갔다 하세요?"

아이들이 핀잔을 줬다.

"쉿!"

손가락을 세워 입에 대고 말없이 왔다 갔다 걷기만 했다. 모모가 걸음을 옮길 때마다 사그락사그락 모래알 부딪히는 소리가 났다. 아이들은 어디서 나는 소리인지 알아보려고 눈과 귀를 곤추세웠다.

사그락사그락. 이 유리알 소리는 어디서 나는 걸까? 모모가 손을 펴 보여주었다. 그의 손에는 아무것도 들려있지 않았다. 모두 숨을 죽였다. 그는 책상 분단 사이를 걸었다. 마술사가 관중을 뚫어져라 쳐다보며 모든 기를 모으듯 모모는 우리를 훑어보았다.

주머니에서 나는 소리일까? 모모는 우리 마음을 눈치채고 주머니란 주머니는 모두 뒤집어 보였다. 아무것도 없었다. 쉬지 않고 걸음을 성큼성큼 내디뎠다. 우리는 소리의 정체를 찾아 분주하게 눈길을 옮겼다. 우리 귀를 호기심으로 채우는 소리의 정체를 얼른 알아내고 싶어 감각이란 감각을 죄다 깨웠다.

순간 모모가 허리를 숙였다. 발치에 뭘 흘렸나? 그가 허리를 숙이는 대로 우리 눈동자도 덩달아 아래로 떨어졌다. 그가 빠른 손놀림으로 접은 바짓단에서 무얼 꺼내 보여주었다.

그건 바로 습기를 방지하기 위해 조미김에 들어있던 실리카겔이었다. 아주 우스꽝스러운 표정을 하고 실리카겔을 양손에 들고 짤랑짤랑 흔들었다. 그 표정이 지금도 선하게 떠오른다. 모모는 하회탈 웃음을 지으며 앞에 서 있었다. 급식 시간에 도시락 김이 나왔는데 그는 거기서 실리카겔을 모아 바짓단 안에 넣고 걸었던 것이다.

"장난치지 마세요."

그날 모모에게 쏟아진 야유였다. 선생님이 그래도 되냐는 항의였다. 친근함으로 무장한 투정이었다.

그때부터 우리는 김이 나오는 날만 기다렸다. 바짓단을 접어 올려 실리카겔을 넣고 걸어 다니며 모모 흉내를 내곤 했다. 자기가 내는 소리가 아닌 듯 무표정하게 연기하며 걷는 게 포인트다. 김이 나오는 날 5교시에 실리카겔 소리는 교실 여기저기서 들렸다. 처음에는 누가 내는 소리인지 알려고 귀를 쫑긋거리며 신경을 곤두세워 탐정처럼 굴다가 먼저 자기라며 자수하는 친구도 생겼다. 이내 싱거워져서 그 놀이는 그만두었지만 실리카겔을 볼 때면 그때 실리카겔 탐정 놀이를 벌이던 반 친구들과 모모가 생각나곤 했다. 조미김이 나오는 줄 모르고 치마를 입고 오거나 달라붙은 바지를 입고 온 날은 다른 반에서 운동복을 빌려와 실리카겔이 들어갈 공간을 만들기도 했다. 점퍼에 달린 모자에 넣기도 하고 주머니에 넣기도 하고 실리카겔 찾기 놀이는 즐거운 기억으로 자리 잡았다.

"여러분, 드디어 내일 소풍 갑니다. 기대되죠?"

"네!"

우리는 교실이 떠나가라 큰소리로 대답했다. 지난 월요일 조회 시간에 교장 선생님이 얘기해주었다. 도교육청에서 특별히 우리 학교 학생들에게 제주시로 견학을 지원해주었다고. 그 얘기를 듣고 그날은 수업에 집중할 수가 없었다. 태어나 처음으로 우도 밖을 나가보게 될 친구가 대부분이었다.

"그래서 오늘 시험을 치겠어요. 우리가 소풍 갈 수준이 되는지를 알아보는 자격 고사입니다."

모모가 손가락에 침을 묻혀가며 분단 별 인원수만큼 시험지를 세어나갔다.

"예고도 없이 시험을 치면 어떡해요?"

우리 반 우등생 호진이가 제일 먼저 따졌다. 아이들이 에이, 말도 안 돼요. 라는 표정으로 모모에게 눈을 흘겼다. 모모는 아랑곳없이 시험지를 세어 교탁에 나란히 올려놓았다.

"이 시험에서 90점 이상 못 받은 친구들은 이번 여행은 포기하는 게 좋을 겁니다. 그러니 다들 최선을 다해서 신중하게 치러주기 바랍니다."

"이런 법이 어딨어요? 90점을 어떻게 맞아요?"

우림이가 책상을 탁, 쳤다. 그도 그럴 것이 이제까지 친 우림이의 시험 최고 성적은 40점쯤이었으니 천지가 개벽하지 않는 한 90점은 어려울 듯하다. 시험이라니 나도 가슴이 울렁거렸다. 90점을 맞을 자신이 없었다. 우리 반에서 90점 이상을 받을 애는 호진이와 가희 정도일 것이다.

소풍 가는데도 시험을 잘 쳐야만 한다니! 교육청에서 비용을 대준다고 공부 잘하는 애들만 데려가려고 한 건 아닌지 의심스러웠다. 우도봉이 아닌 곳으로 처음 소풍을 간다기에 얼마나 기대하고 고대했는데 시험을 보고 90점 이상만 간다니 이게 도대체 말이 되냔 말이다. 다른 사람도 아니고 모모가 그런다니 정말 대실망이었다. 분노가 일었다. 용서할 수가 없을 것 같은 생각마저 들었다. 성적 좋은 애들만 구경하고 성적 나쁜 애들은 구경도 못하고 우도에 남아 있어야 한다니 이렇게 불공평해도 되나? 어처구니가 없다며 씩씩거리는 소리가 여기저기서 새 나왔다.

우리 불만과 불평은 아무런 효과가 없었다.

어김없이 시험지가 우리 앞에 놓였다. 그런데 웬일, 시험을 치는데 키득거리는 소리가 끊이지 않았다. 나중에는 시험을 치는 건지 장난을 치는 건지 분간이 가지 않았다. 나도 3번에서 참았던 웃음이 터지고 말았다.

19**년도 연평 국민학교 3학년 소풍 자격 고사

이름 : (   )

※ 다음 문제를 읽고 가장 올바른 답을 선택하여 쓰고, 90점 미만 시는 여행하는 동안 친구들과 함께 다닐 수 없으며 여행에서 돌아오는 날까지 내내 모모 손을 꼭 잡고 다녀야 합니다. 물론 화장실도 같이 가야 합니다.

1. 배를 타고 갈 때 행동으로 올바른 것은? ( )
① 배웅 나온 어머니와 헤어지기 싫어서 울면서 작별 인사를 나누느라 배가 늦게 출발하도록 한다.
② 배 안 객실에 앉아 창문으로 바다를 보며 여행에 대해 생각해 본다.
③ 바닷물이 진짜로 짠지 알아보기 위해 손으로 바닷물을 떠먹어 본다.
④ 조금이라도 배를 빨리 가게 하기 위해 손과 발을 이용해 노를 젓는다.
⑤ 물고기들이 과자를 좋아하는지 알아보기 위해 과자를 던져본다.

2. 시내에 다닐 때 버스 안에서의 올바른 행동을 고르시오. ( )
① 버스 창문 밖으로 얼굴과 손을 내밀어 운전기사 아저씨께 욕을 바가지로 먹은 후 집어넣는다.
② 시시때때로 자리를 바꿔 자신의 존재를 알린다.
③ 제자리에 앉고 버스 안에서 질서를 지킨다.
④ 버스 안에서 생긴 쓰레기를 버스 구석구석에 꼭꼭 숨겨두고 버스에서 내릴 때 아저씨를 향해 미소 한 방 싱긋 날린다.
⑤ 소중한 물건을 두고 내려 버스 회사에 기부한다.

3. 버스 안에서 멀미가 날 때의 행동으로 적절한 것은? ( )
 ① 편히 쉬다가 토할 것 같으면 준비된 튼튼한 까만 비닐봉지에
    토한다.
 ② 친구보고 손바닥을 펼치라 한 뒤 양껏 토한다.
 ③ 옆 친구 바지에 토하고 친구의 우정을 시험한다.
 ④ 제발 멀미를 멈추게 해달라고 기도를 하며 교회에 전화한다.
 ⑤ 구멍이 뚫린 투명 비닐을 가져와 토하고 줄줄 흘린다.

4. 줄 서기를 잘하기 위해서는 어떻게 해야 하나요? ( )
 ① 새치기하고 해맑은 얼굴로 웃어준다.
 ② 문화인의 긍지를 가지고 줄 서기를 실천해야 한다.
 ③ 새치기하려다 걸려서 욕을 바가지로 먹고 불쌍한 표정을 지으
    며 뒤로 가서 선다.
 ④ 새치기를 통해 자신의 행동이 빠르다는 것을 천하에 알린다.

5. 휴지 및 기타 쓰레기를 어떻게 해야 할까요? ( )
 ① 길거리에 버려 벌금을 내고 나라 살림에 보탬을 준다.
 ② 친구 가방에 몰래 넣어뒀다 들켜 세게 얻어맞는다.
 ③ 자기 가방에 넣었다가 나중에 쓰레기통에 버린다.
 ④ 비닐봉지에 잘 담아서 교장 선생님께 기념품으로 드린다.

6. 여행 중 모르는 사람이 수상하게 말 걸 때 하는 행동으로 틀린
   것 두 개를 고르시오. ( )
 ① 짧게 대답한 뒤 자리를 피한다.
 ② 수상한 사람이 있는 경우 선생님께 알린다.
 ③ 친구들과 함께 있는다.
 ④ 간이 배 밖에 나와 쓸데없는 질문에도 친절하고 자세히 대답해
    준 뒤 졸졸 따라다니며 맛있는 것을 사달라고 조른다.
 ⑤ 모자란 척하며 최대한 만만하게 보인다.

7. 점심시간에 어떻게 해야 할까요? ( )

① 싸 온 도시락을 가지고 약속된 시간·약속된 장소로 가서 선생님, 친구들과 맛있게 먹고, 먹고 난 자리를 잘 정리한다.

② 나 혼자 조용한 곳으로 가서 아무도 나를 찾지 못하게 한 후, 혼자만의 점심시간을 갖는다.

③ 밥 빨리 먹기 게임을 하다 목에 걸려 모모에게 인공호흡을 받고 죽다 살아난다.

④ 식사를 마친 후, 내가 여기서 점심을 먹었다는 흔적을 남기기 위해 그 자리를 정리하지 않고 쓰레기를 보존한다.

⑤ 안 먹고 뒀다가 나중에 상한 거 꺼내먹어 식중독에 걸린다.

문제는 20번까지 이어졌다. 아이들은 시원시원하게 답을 적어 나갔다. 아직 완전히 글을 못 읽는 우현이는 옆 짝이 읽어주었다. 우현이도 백 점을 맞았다. 그런데 윤정이는 80점이었다. 애들이 우우 놀렸다.

"윤정이는 모모랑 손잡고 다니고 싶어서 그런대요."

정웅이가 얼레리 꼴레리, 보조개에다 손가락을 돌리며 놀렸다. 나는 윤정이가 부러웠다. 왜 나는 백 점을 맞았지? 그따위 백 점이 뭐가 중요하다고. 내가 그렇게 모자라 보일 수가 없었다. 어쩜 윤정이 같은 생각을 못 했을까. 이런 바보가 어딨을까? 머리를 쥐어박았다. 윤정이에게 질투가 났다. 언제쯤이면 윤정이처럼 영리해질까? 한숨만 나왔다.

그러나 여행하는 동안 윤정이는 모모 손을 잡고 다니지 않아도 되었다. 모모는 소풍날 배탈이 났는지 함께 가지 못했다. 서무실 주사님이 모모 대신 갔다.

"배탈 난 거 다 나았어요?"

소풍 다녀오고 만난 모모는 멀쩡했다. 아팠던 사람 같지 않았다.

"나 솔직히 말하면 배를 못 타. 멀미가 심해서."

모모가 부끄럽게 고백했다. 우리가 막 놀렸다.

"어른이 뭐 그래요?"

둘째 오빠에게 전했더니 모모는 배를 타고 나가면 안 된다고 하더란다. 나는 그게 무슨 콩가루에 미숫가루 부딪히는 소리냐고 웃고 넘겼었다.

소풍 가서 찍은 사진들은 교실 게시판에 한참이나 붙어 있었다. 모모가 부러운 듯 사진을 보며 오래 서 있었다. 어느 날 사진은 떼어지고 없었다. 혹시 모모가 가져간 건 아닐까? 사진을 간직하고 있다면 모모는 우리를 기억하고 있을 게 분명한데 왜 연락 한번 없을까? 추억은 아무도 모르게 마음속에 두고 얘기하지 않는 게 정답일까? 아무리 생각해도 모모는 물음표로 가득한 과거다.

06
별사탕이 빛나는 밤

등대초소 마당은 갈 때마다 깨끗이 쓸려있다. 뒹구는 낙엽조차 구경하기 쉽지 않다. 우도봉엔 소나무를 제외하곤 자랄 수 있는 나무가 없어서 치울 낙엽이 많지 않은 탓이기는 하다.

그날은 크리스마스이브다. 우리에겐 군인 아저씨들이 산타 할아버지였다. 군인 아저씨들은 집에 못 가고 친구도 못 만나고 섬에서 성탄절을 보내야 하는 게 아쉽겠지만 우리에겐 그게 오히려 잘된 일이었다. 맛있는 것들을 나눠주고 게임도 하면서 우리와 놀아주었다. 게다가 스피커에서 울려 퍼지는 캐럴을 들으면 마음은 더욱 고요하고 거룩해졌다.

현아와 나는 금방 배운 뜨개질을 자랑하려고 뜨개질하던 채로 봉지에 넣어서 들고 갔다.

"난 모모 아저씨 모자 떠줄래."

현아 꿈은 야무졌다. 길게 일자로 뜨는 목도리도 이미 삐뚤빼뚤 제 갈 길을 가듯 흐트러지고 있는데 큰소리부터 치고 본다.

"난 장갑!"

그에 질세라 나도 호언장담했다. 우리에겐 '엄마'라는 믿을 구석이 있잖은가. 입으로는 우리가 뜨고 손으로는 엄마들이 뜨면 된다. 어쨌든 우리는 뜨개질 능력 보유자로서 이렇게 새해 선물을 준비하고 있음을 보여줄 필요가 있었다.

초소가 가까워지자 발걸음은 천방지축 춤을 추었다. 그런데 이상하다. 초소에선 노랫소리는커녕 쥐새끼들도 벌써 양말을 걸고 잠이 들었는지 잠잠했다.

"뭐지? 우리가 너무 일찍 왔나?"

내일이 성탄절이니 식당에서 크리스마스 캐럴이 흘러나와야 하는데 개미 소리조차 들리지 않았다. 현아와 나는 발소리도 죽이고 목소리도 죽였다. 살금살금 식당 쪽으로 걸어갔다. 빼꼼, 창문으로 들여다보니 군인 아저씨들이 식탁을 가운데 두고 양쪽으로 쭉 마주 보며 앉아 있었다. 분위기가 심상치 않았다.

"뭐지? 날도 추운데."

우리는 손에 입김을 불었다. 곧 어두워질 테고 더 추워지겠지.

"안 들어가고 뭐 하나? 쥐새끼들처럼."

뒤따라온 경이 언니가 유정이 언니랑 우리 등을 훅 치고 눈치 없이 들어갔다.

"어, 어!"

언니가 식당에 이미 들여놓은 발을 빼야 하나 어쩌나 멈칫거렸다.

"어, 왔어? 춥지? 들어와."

모모가 소곤거리며 말했다.

"전쟁이라도 난대요?"

유정이 언니가 눈치를 살피며 물었다.

"거기 잠시 앉아 있어. 부대에 문제가 좀 생겼어."

모모가 뒤에 여분으로 놓인 의자를 가리켰다.

"이게 말이 됩니까? 하극상도 유분수지. 지가 어디 감히 상관을 칩니까? 처음부터 알아봤어야 했습니다. 손버릇이 고약한 것이 문제가 돼서 섬으로 발령 난 게 분명합니다."

차 상병 옆에 앉은 윤 병장이 말하자 박 일병은 고개를 숙였다.

"에이, 씨!"

차 상병 아저씨는 입술을 휴지로 누르며 욕을 했다.

"그 얘기는 아까도 했잖아. 했던 말 하고 또 하면서 오늘같이 좋은 날 시간 끌 필요는 없고. 우리가 박 일병이랑 근무한 지도 두 달이 되어간다. 그동안 박 일병은 우리에게 동료로서 잘 지내왔다고 생각한다. 군법에 따르자면 이유야 어찌 됐든 상관에게 손찌검을 한 박 일병은 바로 징계를 받아 마땅하다. 하지만 박 일병도 잘못을 뉘우치고 있고! 누구나 실수는 하게 마련이다. 지금부터는 '박 일병은 그런 사람 아닙니다' 주장을 들어보겠다. 쭉 돌아가면서 박 일병에게 하고 싶은 말을 하도록!"

박 일병이라면 얼마 전에 온 군인 아저씨다. 경이 언니가 새로 아저씨가 왔다고 말하더니 저 아저씨구나. 아무래도 박 일병 아저씨가 큰 잘못을 저질렀나 보다.

'그런 사람 아닙니다.'는 우리도 안다. 모모가 선생님일 때 누가 잘못하면 책상, 의자를 뒤로 다 밀쳐두고 교실 바닥에 둥그렇게 앉아 그 친구에 관해 얘기하도록 했다. 이제까지 그 친구가 자기에게 고마웠던 일을 하나씩 말하라고 했다. 그러면 아이들은 친구가 베푼 고마움을 말했다. 술술 거침없었다. 그러다 보면 그 친구는 세상에서 제일 좋은 친구처럼 여겨졌다. 잘못한 그 친구도 감격해서는 두 번 다시 같은 잘못을 저지르지 않았다.

"싸웠나 봐."

내 귀에 대고 현아가 말했다. 현아 말대로 가만 보니 박 일병 맞은편에 차 상병 아저씨 입술이 터졌고 휴지로 코를 막고 있었다.

"네, '박 일병은 그런 사람 아닙니다'에 대해 제가 먼저 하겠습니다."

모모가 입을 뗐다. 모모는 누가 다른 사람의 흉을 볼라치면 입버릇처럼 이런다.

'그럴 사람이 아닌데, 그럴 리가 없는데'

'그런 사람 아닙니다'로 오늘은 박 일병님 무한칭찬을 발사하시려나 보다. 모모의 칭찬을 듣다 보면 이 세상에 나쁜 사람은 하나도 없어 보인다. 스스로 모자라고 허물 크다고 자책하던 사람

도 다른 사람들이 하는 칭찬을 듣다 보면 자신이 참 괜찮은 사람
이란 생각이 든다.

"어제 박 일병은 자기 담당도 아닌데 초소 뒷마당을 쓸고 있었
습니다. 그 모습은 제게 신선한 충격이었습니다. 누구나 자기 맡
은 것만 하기도 벅차다고 푸념하니까요."

모모가 박 일병을 바라보며 말했다. 박 일병은 쑥스러운 듯 얼
굴을 붉혔다. 누가 손을 들어 모모의 바통을 이었다.

"박 일병님은 건빵을 양보한 적이 있습니다. 제게 건빵을 양보
한 분은 박 일병님이 처음입니다."

귀염이 줄줄 흐른다고 경이 언니가 좋아하는 강 이병 아저씨가
말했다.

"박 일병은 노래를 잘합니다. 특히 송창식 노래를 잘합니다. 야
간 보초 설 때 박 일병 노래 들으면 눈물도 질끔 나고 잠이 달아
나서 좋습니다."

유 상병 아저씨에 이어서,

"이건 인간적으로 박 일병을 용서하기가 쉽지 않은 건데요. 박
일병은 방귀를 너무 크게 뀝니다. 어찌나 시끄럽게 뀌는지 깜짝
깜짝 놀란 적이 한두 번이 아닙니다. 뒤뜰에 묶인 순돌이도 방귀
소리에 놀라 짖을 정도라니까요."

"고 상병, 그거 칭찬 맞나?"

최 병장 아저씨가 물었다.

"칭찬이 확실합니다. 방귀 뀌고 꼭 사과합니다."

고 상병 아저씨가 대답하자마자,

"크훗"

유정 언니가 웃음을 터트리고 말았다. 아저씨들도 웃음이 터졌고 흘러도 주워 담지 않았다.

"지난번에 이씨 아저씨가 술 취해서 초소에 난동부릴 때 박 일병이 업어서 집까지 모셔다드렸다. 박 일병은 힘이 장사였다."

오 병징님이 말을 마치기가 무섭게,

"나도 해도 돼요?"

경이 언니가 나섰다.

"언니, 왜 끼어들어? 언니가 군인이야?"

현아가 경이 언니 손을 잡아 앉히려고 했다.

"왜? 박 일병 아저씨 칭찬하는 거잖아. 나도 칭찬할 거 있다고! 저도 해도 되죠?"

"해도 된다!"

제일 계급이 높은 최 병장 아저씨가 허락했다.

"지난 일요일에 절벽에서 떨어진 토끼를 주워서 차 상병 아저씨한테 주면 좋아하겠다고. 토끼를 줍자마자 차 상병 아저씨 이름을 말했어요. 그래서 난 박 일병 아저씨가 차 상병 아저씨랑 제일 친한 줄 알았는데 아니에요? 싸우면서 친한 거 확인하는 사이에요?"

경이 언니가 칭찬인지 어른끼리 싸운다고 비아냥인지 모를 말을 던졌다.

"지난번 토끼, 그런 거야?"

차 상병이 큰 헛기침을 하는데 얼굴엔 웃음이 살짝 서렸다. 화난 마음이 조금 풀렸나 보다.

"나만 먹은 건 아니지. 초소 대원들이랑 나눠 먹었지."

토끼 얘기는 봉수한테 들어서 나도 안다.

"박 일병. 내가 욱하는 성질을 아직 못 버렸어…. 제대할 때까지는 고쳐볼게."

차 상병 아저씨가 콧구멍에서 피 묻은 휴지를 빼며 끊듯 잇듯 쑥스러워하며 말했다. 박 일병 아저씨가 벌떡 일어났다.

"아닙니다. 제가 잘못했습니다. 영창 끌려가도 할 말이 없는데 용서해주신다면 이 한 몸 바쳐 충성하겠습니다."

박 일병 아저씨는 오른손을 올려 씩씩하게 이마에 붙였지만, 목소리는 잠겨있었다. 무슨 사연으로 둘이 싸웠는지는 모르지만 지금 이건 화해 장면이 분명했다. 모모의 '박 일병은 이런 사람입니다.' 효과가 통했다. 박 일병 아저씨는 영창이라는 감옥에 가는 대신 크리스마스 선물을 받은 표정이었다.

"그렇다고 벌을 안 받을 수는 없다!"

최 병장 아저씨가 어둡고 심각한 표정으로 말했다.

"아까 다 용서하신다면서요?"

현아가 대뜸 소리를 질렀다. 박 일병 아저씨의 잠긴 목소리에 나도 울컥했는데, 현아라고 다를까.

"현아가 아직 군대를 안 가 봐서 뭘 모르는구나. 우리나라 군인은 벌 받을 짓을 하면 반드시 벌을 받아야 한다."

최 병장 아저씨 옆에서 오 병장 아저씨가 거들었다.

"군인이 한 입으로 두말하는데 북한이 쳐들어오면 어떡하려나. 우왕좌왕 난리 나겠네."

유정이 언니도 병징 이저씨들을 흉봤다.

"어이구, 무서워라. 여기 꼬마 아가씨들이 다 박 일병 편이네. 3년을 애써도 내 편은 안되더니 비법이 뭐지? 어떻게 팬 관리를 한 건가?"

최 병장 아저씨가 팔짱을 끼며 물었다.

"자, 박 일병. 벌 받아야지."

박 일병 아저씨는 얼음 인간처럼 꼿꼿이 서 있었다. 정적이 흘렀다.

"오늘 밤새도록 노래해! 끊기는 순간 영창 가는 거 알지? 화장실 간 순간에도 부른다. 실시!"

최 병장 아저씨가 일어서 탁자를 치며 말했다.

"실시!"

부동자세로 서 있던 박 일병 아저씨는 숙소로 뛰어가더니 기타를 메고 나타났다. 들어서는 박 일병 아저씨 손가락 따라, 발걸음

따라 징글벨이 식당에 울려 퍼졌다. 다 큰 군인 아저씨들이 어린 애처럼 어깨를 들썩이고 손뼉 치며 합창을 했다.

"자, 크리스마스 선물! 그동안 모은 거야."

모모는 그동안 모은 건빵 별사탕 봉지를 우리한테 내밀었다. 왕 별사탕을 두고 현아와 나는 서로 많이 차지하려고 옥신각신했다.

"왕별을 두고 싸울 줄은 몰랐네. 둘 때문에 장병들 다시 모이라 고 해야 하나?"

모모가 고민이 가득한 얼굴로 말했다.

"둘 다 군법으로 다스려야지. 군인 건빵 별사탕을 두고 싸운 죄 는 처벌 수위가 높지. 아마."

하 상병 아저씨가 주방 안에서 떡을 내오며 참견을 했다. 우리 는 별사탕 앞에서 피도 눈물도 없이 냉정했다. 사탕을 두고 개수 를 세며 나누는 사이 아이들이 우르르 몰려왔다. 선희는 엄마가 가져가라고 했다며 총각김치를 끙끙대며 들고 왔다.

선희한테 뺏길세라 얼른 별사탕을 입안에 감췄다. 입속에 별이 빛나는 밤이었다.

모모가 박 일병 입에 떡을 넣어주고 우물거릴 때도 기타 소리 는 계속 흘렀다. 박 일병 아저씨의 기타 소리는 우리가 집으로 돌 아올 때까지 멈추지 않았다. 모모와 함께 성탄절을 맞은 밤이 그 렇게 깊어갔다. 눈이 오지 않는 밤, 썰매는 흰 눈 사이로 쉼 없이 징글벨을 울리며 우리에게 달려오고 있었다.

07

모모의 군화

섬은 봄으로 들어섰다. 유채꽃이 몽글몽글 머리를 내밀며 울긋
거리고 청보리는 하루가 다르게 키를 키웠다. 아버지가 밭에 가
는 시간이 당겨졌다.

일요일이었지만 어른들부터 어린애들까지 꿈틀대는 소리로
늦게까지 잘 수도 없었다.

털털털털.

아버지가 경운기 고삐를 돌리듯 시동 거는 손잡이를 잡고 빠
르게 돌리며 경운기를 깨웠다. 엄마 뱃속에서 방금 나온 어린아
이처럼 요란한 울음을 내지르며 경운기는 탈탈탈 숨을 내쉬었다.
고막이 찢어질 듯, 지붕을 날릴 듯 고함을 지르며 일하러 가자는
아버지의 다독임에 화답한다. 짐칸에 농기구들을 실은 아버지가
경운기를 운전하며 밭으로 갔다. 섬에 제일 먼저 들어온 1호 경운
기였다.

이제까지는 밭을 가느라 소도, 아버지도 말 못 할 고생을 했

다. 200평 밭을 갈고 나면 아버지도 소도 쓰러질 듯 노곤했다. 사람은 그렇다 쳐도 아버지는 소가 낑낑거리는 모습에 가슴이 아프다고 했다. 소를 대신할 듬직하고 지칠 줄 모르는 경운기가 왔다. 우리 집 소는 경운기를 보며 '형님'하고 존경을 표하고 싶었을 것이다. 대신 밭을 갈아주는 경운기에 감사하다고 소는 '음머'하고 큰소리로 경운기를 배웅했다.

나도 경운기 짐칸에 답삭 올라탔다. 경운기가 지나가면 그 시끄러움으로 안 보려야 안 볼 수 없다. 모두가 나를 쳐다본다. 섬에서 페라리를 탄 공주가 바로 나였다.

"나도 가겠습니다."

둘째 오빠가 움직이는 경운기의 아버지 옆자리에 올라탔다. 오빠 얼굴에는 여드름이 점령지를 넓혀가고 있었다. 여드름이 늘어난 개수만큼 오빠는 이해 못 할 행동을 했다. 나나 어른들이 보기엔 애먼 짓이고 오빠 세계에선 용감무쌍한 짓이었다.

지난 늦가을이었다. 오빠는 친구들과 등대가 있는 우도봉 진빌레에서 토끼 사냥을 했다. 등대초소에 근무하던 군인 아저씨들도 같이 합심한 모양이다. 겨울잠을 준비하는 구렁이들은 독이 오를 대로 올라있었다. 겨울을 나려면 뭐든지 실컷 먹어둬야 했다. 토끼만큼 맛있는 먹이가 어딨나. 구렁이의 존재를 꿈에도 모른 오빠와 친구들은 진빌레에 토끼 사냥을 하러 갔다. 야생토끼들은 여러 개의 굴을 파고 산다. 막대기에 불을 피워 굴 앞에 두면 연기를 피해 다른 쪽 굴로 나왔다. 그러면 반대편에서 토끼가 나오기를 기다리던 친구가 토끼를 잡았다. 토끼를 잡아서 털을 벗기는 방법도 기상천외했다. 나는 오빠가 와서 떠벌리는 얘기를 듣는 것만으로 소름이 돋았다. 토끼 똥구멍에 공기펌프를 주입하면 토끼털이 빳빳이 서며 피부 겉가죽과 분리돼서 털을 벗기기 쉽단다. 토끼 구이를 해먹은 이야기를 무용담처럼 털어놓는 오빠는 의기양양했다. 누가 보면 전쟁터에서 총알 수백 발을 뚫고 살아 돌아온 줄 알 것이다.

그런 오빠가 사색이 되어 도망 왔다. 토끼 사냥을 나간 몇 번째 날에 구렁이를 만났다. 바로 눈앞에서 구렁이가 토끼를 잡아 삼키는 모습을 본 것이다. 토끼처럼 자신도 그렇게 잡아먹힐 것 같은 공포를 체험했다. 그 후 오빠와 친구들의 토끼 사냥은 막을 내렸다. 하지만 고집이 막을 내린 것은 아니었다.

아버지는 오늘, 겨울 동안 잠을 잔 땅을 깨울 참이있다. 아비지 표현대로라면 '번'을 할 거라고 했다. 번은 땅에 골고루 빛을 보게 하고 숨을 쉬게 해주는 일이란다. 깊은 땅속에 있는 땅의 숨결을 깨워 어머니처럼 넉넉한 땅의 임무를 수행할 임명장을 주는 것이라고 했다. 무엇을 심든 키워낼 자신감을 주려면 겨우내 쉬던 땅을 다독여 주어야 한다. 그게 '번'하는 일이고 밭 갈기다.

옆 밭에 있던 동네 아저씨들의 도움으로 경운기 짐칸에서 로터리를 내리고 추레라를 분리한 후 경운기 몸체에 로터리를 연결해서 밭을 갈 준비를 하는데 우리 집 고집 장군께서 납신 것이다.

"아버지, 제가 갈아보겠습니다."

중3. 16살이라고는 하지만 키는 아직 160cm도 안 됐으며 몸무게도 고작 47㎏밖에 나가지 않는데 무슨 기력으로 '덩치'를 끈단 말인가.

"아서라 아서. 이게 만만해 보여도 얼마나 힘이 드는데."

아버지는 콧방귀를 뀌며 말 같지 않은 소리라며 무시했다.

"아버지도 참, 한 번 맡겨보면 되잖아요. 어제 학교에서도 경운기 운전해서 쓰레기장 정리했다니까요."

"글쎄, 안된다. 이건 경운기 운전하고 달라. 내년에는 네가 하고 싶지 않대도 하게 해주마."

그때였다.

"어르신, 동현이네 소가 곧 새끼 나올 것 같다고 좀 와달라고 하시네요."

모모가 심부름을 왔다. 우도봉에서 풀 뜯으며 해바라기 하던 소가 거기서 해산을 하려나 보다. 마침 우도봉 등대초소에서 나오던 모모에게 부탁했나 보다.

"알았네!"

아버지는 면장갑을 벗어 손에 들고 바삐 뛰어가며 말했다.

"이건 건드릴 생각 말고 축사에 가서 소똥이나 마저 치우고 있어라."

오빠는 아버지 말에 자존심이 상한 듯 모모에게 물었다.

"형님도 제가 못 할 것 같습니까?"

모모는 한 치의 고민도 없이 "응."하고 대답했다.

"참, 뭘 모르시네. 제가 이래 봬도 서당 개 십 년은 되거든요. 아버지 농사짓는 거 어깨너머로 배운 지가 언젠데. 경운기 운전도 학교에서 나만 한다니까요. 못 믿겠으면 한번 보실래요?"

오빠는 거들먹거리며 사기충천이었다.

"안돼. 아버지가 안 된다잖아. 내가 봐도 경운기 운전이랑 다른 걸. 이건 로터리 기계야. 네 몸집엔 안 되겠는걸. 뭐."

모모가 경운기에 시동을 거는 오빠를 말렸다.

"형님이 뭘 안다고 그러셔요? 저기 그늘에서 지켜보기나 하셔요."

"안돼!"

모모가 오빠 손에 들린, 경운기에 시동 서는 손잡이를 뺏으며 말했다.

"에이, 얼른 주시죠. 아버지가 동현이네 송아지 받고 오면 오늘 내에 이 밭 다 갈기 힘들어요. 내가 해놓으면 얼마나 만족해하시겠어요? 효도할 기회라고요."

오빠는 어서 시동기를 내놓으라며 여전히 거들먹거렸다.

"기계에 끼기라도 하면 끝장이야."

모모 목소리가 높아졌다.

"끼긴 왜 끼어요? 제가 끼어본 건 엉덩이 사이에 팬티 낀 게 전부라고요."

오빠가 시답잖은 농담까지 해대며 경운기 시동기를 뺏었다.

"정 그렇다면 이거 신어."

모모가 군화 끈을 풀고 벗어 건넸다.

"아이고, 그거 귀찮게 언제 끈을 하나하나 묶고 그럽니까. 장화 여기 있네요, 장화 신고 하면 되죠."

오빠는 검은 운동화를 벗고 누런 장화에 발을 쑥 넣었다. 오빠 고집은 대책 없이 질겼다.

"안 돼! 절대 안 돼."

모모 고집도 황소 뿔처럼 단단했다.

"형님은 농사가 뭔지도 모르면서 그러시네요."

오빠는 계속 비아냥거리듯 말을 들으려고 하지 않았다.

"어서 신어."

모모는 군인이 명령하듯 소리쳤다. 군화 신는 것까지 양보할 생각은 눈곱만큼도 없어 보였다.

"아이참, 이 형님, 귀찮게 하시네."

오빠는 마지못해 군화를 신었다.

"이런 거 안 신어도 된대도, 참 이해를 못 하시네."

군화 끈을 매며 구시렁구시렁. 끈을 묶을 때까지 볼멘소리가 이어졌다. 그제야 모모는 경운기에 시동을 걸 수 있게 손잡이를 내주었다. 모모는 말리지 않았다고 야단맞는 건 아닌지 걱정이었다.

"형님, 거기서 구경 잘 하슈."

오빠는 기세등등하게 밭갈이 로터리를 단 경운기를 운전해서 앞으로 나아갔다.

모모는 가슴이 조마조마했다. 자기가 끌기에도 무거운 것을 열여섯 살짜리가 한다니. 확 뺏어서 시동을 꺼버리고 싶지만, 막무가내의 고집을 꺾을 수도 없거니와 오빠 말마따나 경운기에 대해서 모모는 잘 몰랐다. 의외로 잘할지도 모르는데 괜한 걱정일 수도 있다. 다만 아까 보니 아버지가 말리는 데는 이유가 있을 것 같아서 말렸다.

오빠는 콧노래까지 부르며 100여 미터를 나아갔다. 밭갈이 기계가 지나간 자리 흙들은 부르르 몸을 떨며 깨어나 작은 언덕을 이루었다. 흙 색깔이 더 짙어졌다. 뒤집힌 표시가 확실히 났다. 땅속에서 잠만 자던 흙들이 봄 공기를 마시며 깨어났다.

오빠는 군화까지 신으니 탱크를 몰고 적진으로 진격하는 사령관 같다. 오빠 어깨가 한껏 올라갔다. 경운기 덜덜거리는 소리에 노래는 묻혔지만 들리는 듯했다. 이제 막다른 곳까지 갔으니 방향을 바꿔야 할 차례였다.

"아아아아!"

경운기 오른손 핸들을 잡고 돌리는 순간, 경운기 위로 오빠가 솟구쳤다. 그리고 이내 밭 가는 로터리 기계에 오른발이 말려 들어갔다.

요란하게 돌아가는 기계에 다리가 낀 오빠는 놀라서 비명을 질렀고 다리가 끊길 듯 고통스러워하는 오빠의 신음이 이어졌다.

모모가 스프링처럼 달려갔다. 모모 옆에 서 있던 나도 기겁을 했다. 모모가 서둘러 아버지한테 전하라고 했다. 나는 전속력으로 우도봉으로 뛰었다.

"아부지, 아부지!"

어서 듣기를 바라면서 아버지를 부르며 뛰었다.

'오빠 다리가 잘려 나갔으면 어쩌지.'

상상만으로 끔찍했다.

동현이네 누렁소는 새끼를 낳고 혀로 핥아주고 있었다. 어미소는 송아지의 투명막을 혀로 벗겨냈다.

"아부지, 오빠가 경운기에 끼었어요."

"뭐?"

아버지는 이번엔 우리 밭을 향해 내달렸다. 달려 내려가는 아버지 마음이 어땠을까? 무엇을 상상하든 그런 일은 일어나지 않기를 바라면서 내달렸을 것이다. 밭에 도착하니 경운기는 꺼져있었고 모모가 오빠를 기계에서 떼어낸 상태였다.

"내가 뭐랬어? 이 자식이, 말을 안 들어. 말을!"

오빠의 무모한 용감무쌍이 두 번째로 무너진 날이다. 오빠는 개인 배를 빌려 타고 바로 시내로 가 깁스를 했다. 천만다행이었다.

"자네가 내 아들 다리를 살렸네."

아버지는 모모에게 몇 번이나 고맙다고 했다. 군화 굽에 기계가 걸려 얼마 돌지 못하고 경운기 시동이 꺼진 것이다. 모모의 군화가 아니었으면 오빠의 두 다리는 어찌 됐을까? 돌아가는 기계에 부러지고 갈려서 평생 장애를 갖고 살았을 것이다. 모모가 신고 있던 군화는 오빠에게는 생명 구조 장치였다.

영원히 우리 곁에 있을 줄 알았는데, 어느 날 갑자기 모모는 사라졌다. 우리에게 작별 인사도 없이.

나는 중학생이 되었고 큰 섬의 고등학교로 갔고 더 큰 도시에서 대학을 다니고 나이를 먹는 동안 문득문득 모모가 떠올랐다.

어떤 날은 모모가 공동묘지를 지난 그 밤에 쓰러지는 나를 부축하러 나올 때 손에 들려있었던 그 책 제목이 뭐였는지도 궁금했다. 고등학생이 된 나는 모모가 좋아할 만한 책 목록을 만들어보기도 했다.

그날 경운기 로터리에 찢긴 군화가 없어서 모모는 맨발로 등대 초소로 돌아갔겠네. 모모 고향은 어딜까? 숨긴다고 숨겼지만, 이따금 묻어나던 억양은 어느 도시 말이었을까? 모모가 썼던 말은 제주도 사투리가 아니었던 것만은 분명하다. 잠이 오지 않는 밤, 모모에 대한 수수께끼를 풀어보려고 애썼지만 번번이 허사였다.

"그 총각, 쫓기고 있었다대."

갓 부임한 우체부 아저씨가 이런 말을 했을 때는 이미 모모가 떠난 뒤였다.

"그렇게 착한 총각이 무슨 잘못을 했을라고?"

아버지는 모모가 잘못을 저지를 사람이 아니라고 확신했다. 그렇다면 모모는 왜 쫓기고 있었을까. 영화 속 주인공처럼 사연을 마음대로 상상해보기도 했다. 아직도 모습을 드러내면 안 되는 사람이어서 우리가 못 찾는 걸까? 그렇다면 내가 모모, 그를 찾는 게 맞는 것일까? 이 글이 세상에 발표되는 것이 옳은 일이 아닐지도 몰라서 내 마음은 무겁기만 했다.

08
영어가 열린 날

"오빠, 어디 가?"

방학인데! 공책 같은, 필통 같은 걸 가까이할 오빠가 절대 아닌데 그런 물건을 들고 집을 나선다. 남자아이들은 한창 우도봉 절벽 아래서 고드름을 따고 귀에 시뻘건 동상 자국을 전쟁의 수훈처럼 달고 있어야 할 때다. 그런데 어울리지 않게 공책이라니, 필통이라니.

"너 같은 애송이는 몰라도 돼."

오빠가 코로 방귀를 뀌듯 뇌까렸다.

"웃기시네. 정신연령은 일곱 살이면서!"

내겐 셋째 오빠가 제일 만만하다.

"내가 뭐 못 알아낼 줄 알고!"

물러설 내가 아니다. 내겐 남자애들이라면 앉아서 천 리를 보는, 손바닥에 올려놓고 주무르듯 하는 경이 언니가 있잖은가. 내 다리는 궁금증을 못 참고 빠르게 달렸다.

"언니, 언니! 오빠가 공부하려나⋯."

언니네 마당으로 들어가기 전 올레에서부터 소리쳤다.

"어, 어 언니!"

이렇게 당황스러울 수 있을까. 언니 손에도 공책과 달그락거리는 필통이 들려있었다.

"어디 가?"

나는 작은 소리로 물었다. 두 번 놀라면 목소리는 작아진다. 게다가 내가 알고 있던 사람들이 맞나 싶을 때는 소리가 더더욱 작아진다.

"공부하러! 현아는 방에 있어. 많이 놀아줘. 어릴 때."

"공부? 어디서?"

"너네는 못 와. 중학교 들어가는 애들만 오래."

친언니처럼 지낸 언니 입에서 나오는 말이 맞나 싶었다. 명백한 배신. 그리고 내가 받은 충격. 현아도 배신감의 충격으로 방에서 나오지 못하고 이를 갈고 있으리라. 언니는 쌩하니 나를 지나쳐갔다.

"현아야!"

내 목소리는 다시 커졌다. 동지를 부를 때는 그렇게 된다.

"왔어?"

어라, 현아는 아무 일도 없는 듯 의연했다.

"경이 언니, 어디 가?"

'어디 가'를 세 번째 연달아 묻고 있다니!

"공부하러."

"어디?"

"공회당."

"공회당? 동네 사람들 회의하는 곳인데?"

현아는 말린 빼떼기를 잘근잘근 씹으며 단물을 쭙쭙 소리 내며 삼켰다.

"영어 공부한대. 국이 오빠가 가르쳐준다나?"

현아는 이런 정보를 알고도 내게 말하지 않았다니. 현아에게 더 큰 배신감이 들려고 했다.

"국이 오빠? 뭐해? 그럼 가야지. 우리도!"

나는 태연하게 빼떼기나 씹는 현아가 못마땅했다.

"우린 중학생 아니잖아. 방학인데 무슨 공부냐! 게다가 다른 나라 말을 머리 아프게 뭐 하러 벌써 배워? 우리말 알기도 힘든데."

현아가 공부만 하기 위해 학교 가는 모범생처럼 말했다. 자고로 학교란 공부 맛보다 도시락 까먹는 맛, 친구들과 노는 맛, 혼나는 맛 등 여러 가지임을 알고 있는 현아가 오로지 공부하는 맛으로만 학교를 대해왔듯이 말하다니, 평소의 현아답지 않다.

"야! 이 바보야! 모모도 올지 모르잖아. 국이 오빠랑 모모가 얼마나 친한데?"

저놈의 빼떼기가 현아의 생각을 마르게 했는지도 모른다.

"맞다! 내가 왜 그 생각을 못 했지?"

현아가 물어뜯던 빼떼기를 양푼에 패대기치며 일어섰다.

"필기구는 가져가야 하지 않을까? 난 못 챙겼는데."

현아가 학교 가방에서 연습장과 필통을 꺼냈다.

"연필은 두 개니까. 그리고 내 연습장 찢어줄게. 출동!"

현아가 호들갑을 떠는 게 비로소 현아다워졌다.

"중학생 아니라고 내쫓으면 어떡하지?"

윗동네 공회당으로 난 신작로 길을 오르며 현아가 걱정했다.

"자고로 스승은 배우고자 하는 이를 내치는 게 아니라고 하였네."

내가 사극에서 본 대사를 읊었다.

"누가?"

이 대목에서 누가가 꼭 중요한가. 현아는 가끔 보면 대화의 법칙을 무시하는 경향이 있다.

"누군지는 모르지만 훌륭한 사람이."

나의 유머가 안 통해서 기분 상하려 했다.

"그런 사람 말을 국이 오빠도 알고 있기를 바라야겠다."

현아는 쫓겨날까 봐 걱정할 때는 언제고 갑자기 당당한 걸음으로 앞섰다.

찬 바람 들어갈까 봐 공회당 문은 꽁꽁 닫혀있었다. 닫힌 문을 뚫고 웃음소리는 새어 나왔다. 문 앞에는 신발들이 와글와글. 아무렇게나 서로 밀치고 뻗대며 싸우다 지쳐 휴전한 듯 그대로 멈춰 있었다.

"네가 열어봐."

현아가 뒤로 물러났다. 문을 연 순간 모든 눈이 우리를 향할 텐데 그 시선을 어찌 감당할까 나도 자신이 없어졌다.

"그냥 네가 열어. 바로 따라 들어갈게."

"네가 먼저 오자 했잖아. 네가 했으니 네가 열어."

현아가 내게 떠넘겼다.

"하나, 둘, 셋 하면 같이 열고 들어가자."

옥신각신, 티격태격, 안절부절못하고 있을 때였다.

"너희 뭐하냐?"

수홍이 오빠였다.

"어, 오 오빠."

우리는 떠듬거렸다.

"너희도 영어 공부하게?"

그건 내가 묻고 싶은 말이었다.

"오빠가 어쩐 일?"

공부라면 교과서로 담장이나 쌓아 올릴 사람이 눈앞에 있었다.

"이 오빠도 이제 중학생 되잖냐. 꼬부랑 글씨 구경 좀 하려고. 너희도 중학교 가게?"

중학생이 된다는 건 공회당에 당당히 출입해도 된다는 뜻이었다. 수홍이 오빠가 저토록 당당한 적이 있었던가. 수홍이 오빠가 문을 확 열어젖혔다.

"얘네도 공부하고 싶은 가 봐요."

수홍이 오빠가 무릎 높이의 문지방을 훌쩍 넘으며 말했다.

"단오야, 현아야 어서 와!"

역시 모모였다. 모모가 다가와서 높은 문턱을 넘기 쉽게 우리 손을 잡아주었다. 공회당 안은 진지함과 긴장이 흐르고 있었다. 설레는 긴장감이 파장으로 다가왔다.

"국민학생과 중학생은 확연히 다릅니다. 교과서 내용만 해도 수준 차이가 느껴질 겁니다. 과목도 많아지고 산수는 수학이 되고 다른 나라 언어인 영어도 새롭게 배우고."

국이 오빠였다. 국이 오빠는 우리 동네에서 유일한 대학생이다. 그리고 국이 오빠에겐 또 하나의 수식어가 붙는다. 척추 장애인. 사람들은 오빠를 설명할 때 꼽추라고 한다.

'그 있잖아. 꼽추.' 나는 꼽추가 돼야 대학생이 되는 건가 생각한 적도 있다. 국이 오빠는 여름에도 얼굴이 하얗다. 바다에서 노느라 모두 새까맣게 탔는데 오빠는 마루에 난 창문 앞에 앉아 책을 읽었다. 책을 읽는 대로 저 불룩한 등에 저장되겠지. 국이 오빠는 또 하나의 뇌를 가지고 있어서 저렇게 똑똑한지도 몰랐다.

"오늘은 영어의 알파벳을 배울 건데요. 알파벳은 26자가 있어요. 우리 한글, 자음과 모음은 몇 글자죠?"

공회당은 웅성거렸다. 기역, 니은, 디귿, 리을… 손가락을 꼽으며 세기 바빴다.

"스물네 개요!"

경이 언니가 빨랐다.

"그렇지. 겹글자를 빼고 스물네 글자지요. 이 스물네 글자로 세상의 모든 것들을, 게다가 마음마저 표현해낼 수 있다니 얼마나 놀라운 일인가요. 로마자 알파벳은 스물여섯 자. 우리 보다 두 자가 더 많죠? 적은 수로 더 많은 것을 표현하는 것만 해도 일단 우리 한글 승! 참, 수홍이랑 단오, 현아는 못 들었을 테니 다시 한번 선생님들 소개할게요."

안 그래도 궁금했다. 국이 오빠 옆에 여자분은 누굴까?

"고정숙입니다."

언니가 머리 숙여 인사했다. 너무 예뻤다. 단발머리에 하얀 얼굴과 가는 손. 첫눈에 봐도 우도 사람이 아니었다. 정숙이 언니는 수학을 가르쳐줄 거라고 했고 모모는 책을 같이 읽으며 토론할 거라고 했다. 정숙이 언니는 국이 오빠 대학 후배란다. 오늘부터 방학 열흘간 수업을 해준다고 했다. 이렇게 예습을 해간다면 우리 동네 오빠, 언니들이 일등 하지 않을까 쓸데없는 걱정마저 들었다.

"알파벳 쓰는 순서와 어떤 소리가 나는지 볼까요? Aa는 에/아,

Bb는 브, Cc는 크, Dd는 드, Ee는 에/이, Ff는 프……"

나는 놀라지 않을 수 없었다. 영어도 우리 한글처럼 글자마다 소리가 있다니.

정숙이 언니가 그 하얗고 가는 손으로 4줄 영어 공책을 나눠주었다. 나는 그날 두 시간 만에 26자를 다 쓰고 외울 수 있었다. 국이 오빠는 칠판 앞을 지키고 모모와 정숙이 언니는 돌아다니면서 우리가 공책에 맞게 쓰고 있나 살폈다.

내가 다른 나라 말을 쓸 수 있다니, 언어의 신비로움에 경탄을 금치 못했다. 어서 자랑하고 싶었다. 나는 이제 영어를 할 줄 안다. 알아간다는 것이, 새로운 것을 안다는 기쁨이 이런 것이구나. 나는 세상에 태어나길 잘했다. 내가 한 뼘 성장함을 느꼈다. 현아가 뭐라 뭐라 수다를 떨어도 들리지 않았다. 내가 한글이 아닌 다른 나라 말을 배웠다는 감격에 취한 심장은 고요를 몰랐다.

"오늘은 알파벳까지! 내일은 일상 대화로 하나씩 들어가 봅시다."

국이 오빠가 폐회 선언을 하듯 수업 끝을 알렸다. 나는 쌩하니 일어나 공회당 문을 나섰다. 엄마한테 선물을 줄 수 있게 됐다. 오늘 알게 된 새로운 언어로 엄마에게 선물하리라. 중학교 올라가는 언니 오빠들만 아는 영어를 열한 살이 되는 내가 벌써 알다니!

어머니에게 선물로 주려고 준비한 말. 영어로 쓴 어머니!

OMANI. 맨 앞에 O인지 A인지 조금 헷갈렸지만, 북한에서 오마니로 부르는 데는 다 이유가 있을 것이었다.

"어머니, 이것 봐요. 나 오늘 영어 배웠어요. 영어로 이거 뭔지 알아요? 어머니예요. 아버지도 써드릴까요?"

엄마가 환하게 웃었다. 무엇 때문이든 딸이 기뻐하는 일이 생겼다는 것 자체가 반가운 것 같았다. 이번에는 ABUJI를 써서 보여주었다. 아버지는 내 마음을 읽은 듯 엷게 웃었다.

우리 오마니, 아부지는 꼬부랑글자도 아는 딸을 자랑스러워했음이 분명하다.

내가 하루 만에 영어를 하다니. 그건 하모니카를 불게 된 것만큼이나 놀라운 일이었고 히말라야 능선에 태극기를 꽂은 기분과 맞먹을 듯했다.

하지만 그 설렘과 뿌듯함이 절망과 실망으로 바뀌는 데는 그리 오래 걸리지 않았다.

"이 해괴망측한 글자는 뭐야?"

고등학교에 입학할 둘째 오빠가 내 공책을 보았다.

"오, 마, 니? 아, 부, 지?"

천천히 읽었다.

"하하. 이 맹추야. 어디서 배웠냐? 설마 마덜, 파덜을 쓴 거야?"

마덜? 파덜? 처음 듣는 말이었다.

"그, 그게 뭔데?"

내가 정복했다고 생각한 영어는 거기까지였다. 어머니 아버지가 지금 오빠가 하는 말을 듣지 못해서 그나마 다행이었다. 영어는 우리말과 같지 않다는 사실, 단어를 따로 외워야 한다니 내가 느낀 열패감은 상당했다. 알파벳도 한글과 같을 거라 단정 지은 성급함에 얼굴이 붉어졌다. 오빠가 미울 이유가 없는데 오빠가 미웠다.

"모모한테는 절대 말하지 마!"

내가 소리치자 오빠가 얄밉게 웃었다.

"니 하는 거 봐서!"

내가 힘이 세었다면 오빠 뒤통수를 한 대 쳤을 것이다. 내 키가 작아서 오빠를 어쩌지 못했다. 하지만 오빠가 나와의 의리를 지킨 건지 모모가 내게 예의를 지킨 건지 이에 대한 언급은 없었다.

DanO. 내 이름을 영어로 쓴 날. 세상 모든 것을 외국어로 쓸 수 있을 것 같았던 그 날은 환하게 열렸다가 절망으로 닫혔다.

09
꽃밥 청혼

모모와 국이 오빠는 보자마자 첫눈에 친구가 되었다. 둘은 마음이 척척 맞았다. 책을 좋아하는 것도 같았다. 책을 좋아하는 사람들끼리는 서로 끌어당기는 힘이 있다고 했다. S극, N극처럼 만나면 열을 내고, 빛을 내는 관계였다.

지난봄이었다. 일요일이었고 아버지 따라 소 풀어주러 우도봉에 갔다가 국이 오빠가 등대초소로 가는 걸 보았다. 모모를 만나러 온 것이 분명하다. 나도 얼른 따라 들어갔다.

오빠 손에는 유채꽃 한 송이가 들려있었다.

"꽃 구경하기 좋은 날이다."

'좋은'을 길게 빼며 말하는 게 장난스럽게 들렸다.

"모모, 유채꽃 수술이 몇 개인지 알아?"

우도는 지금 온통 유채꽃 천국이었다.

"글쎄, 유채꽃은 안 세어봤는데. 어디 보자."

모모는 국이 오빠가 들고 있던 유채꽃을 뺏어 들고 세어나갔다.

"하나 둘 셋 넷 다섯 여섯. 유채꽃은 6개네. 난 벚꽃은 수없이 봤는데 유채꽃은 여기서 처음 봐. 벚꽃은 수술이 몇 개인 줄 알아?"

"유채꽃이랑 비슷하지 않을까?"

"땡! 단오는 알아?"

"그게 뭔데요?"

나는 암술이 뭔지 수술이 뭔지 들어보지 못했다. 아픈 사람 수술한다는 말은 들었어도.

"예전에 세어본 적이 있는데 어떤 벚꽃은 18개, 어떤 벚꽃은 20개, 21개, 23개더라고. 매화꽃은 그보다 조금 더 수술이 가늘고 대신에 수는 조금 많고."

꽃을 보며 일일이 세어보고 있었을 모모와 국이 오빠. 어린아이들이 따로 없었다.

"잠깐만, 내가 찾아볼게."

모모는 재빨리 숙소 안으로 들어가더니 무거운 백과사전을 들고나왔다.

"어디 보자!"

모모는 백과사전에서 벚꽃을 찾았다.

"여기 있네. 벚꽃 수술은 몇 개인지 딱 잘라서 말할 수가 없다. 꽃을 식으로 표현하는 화식에서는 꽃받침을 K, 꽃잎을 C, 수술을 A, 암술을 P로 표시하는데 예를 들어 꽃받침 5개, 꽃잎 5개, 수술

여러 개, 암술 1개인 벚꽃의 화식은 순서대로 $K5C5A\infty P1$으로
표시한다."

모모가 아나운서의 어조로 읽었다.

"벚꽃 수술은 무한대? 딱 몇 개라고 정해지지 않아서? 꽃을 표
현하는데도 식이 있네! 암술은 언제나 하나인데 수술은 여러 개
라서 무한대. 캬, 꽃을 식으로 나타내다니. 이거 정말 재밌네."

국이 오빠가 벚꽃 화식도에 대해 처음 알았다며 눈을 빛냈다.
내가 알파벳으로 내 이름을 쓴 날이 저런 표정이었겠지.

"그렇다면 사람을 나타내는 식을 만들어 볼까? $H1B1A2L2$. 어
때?"

국이 오빠가 알파벳과 숫자 조합을 해냈다.

"머리 하나, 몸 하나, 팔 둘, 다리 둘이지? 그럼 내가 강아지를
식으로 해볼까? $E2A0L4$."

모모가 만든 식은 국이 오빠가 풀었다.

"눈 둘, 팔은 없고 다리만 넷."

"빙고!"

둘이서만 잘 놀았다. 그래도 나는 상관없었다.

"수술은 많고 암술은 하나. 여기 봐. 수술에 동그랗게 얹힌 것
을 꽃밥이라고 부른대."

모모가 백과사전에 화살표로 표시한 꽃 그림을 손으로 가리키
며 말했다.

"여러 수술이 암술에게 밥을 들고 청혼하는군. 나랑 결혼해줘. 밥 굶기지 않을게. 그러면서."

국이 오빠가 꽃밥이란 말을 듣자 꽃들의 결혼으로까지 상상을 펼쳤다.

그날부터 나는 꽃만 보면 찬찬히 들여다보는 버릇이 생겼다. 암술과 수술을 찾고 꽃받침을 찾았다.

봄바람의 심술이 찾아올 때마다 꽃은 지고 제 할 일을 끝낸 수술들이 차례차례 너덜거리면서 떨어졌다. 그 자리에 버찌가 달리고 매실 열매가 달려서 종종종 여물었다.

가을이 되자 나무들은 잎을 다 떨구고 추운 겨울을 간신히 버텨내고 있었다.

중학교 입학하는 학생들을 위한 특강을 한 지도 아흐레가 지났다. 그날 밤, 경이 언니로부터 콩닥거림이 멈추지 않을 이야기를 들었다.

"국이 오빠랑 정숙이 언니가 사귀는 사이래."

가슴 떨리는 소문이었다.

"어울리지 않냐? 국이와 숙이. 어쩐지 숙이 언니가 국이 오빠를 바라볼 때 눈에서 꿀이 떨어지더라니."

경이 언니는 자기의 예감은 틀리지 않았다면서 녹슬지 않는 촉에 우리도 경탄해주길 바랐다.

"둘이 어떻게 만났어?"

내가 궁금한 걸 현아가 물었다.

"같은 학교 후배이기는 한데 국이 오빠가 숙이 언니네 둘째 이모 집에서 하숙한대."

경이 언니가 고급정보를 가진 사람만이 가질 수 있는 위엄을 발휘하며 팔짱을 꼈다.

"그래서 둘이 뿅 하고 첫눈에 반한 거야?"

경이 언니 친구들과 더 많이 어울리는 현아는 연애 이야기에는 호기심이 유난히 반짝였다.

"첫눈에 반하긴! 그런 건 드라마에서나 나오는 거야. 국이 오빠의 재치와 방대한 지식, 철학가다운 면모에 숙이 언니는 서서히 빠져들었지. 로미오와 줄리엣이 운명적 사랑을 한 것처럼. 서로의 매력에 빠져들었다고나 할까."

경이 언니가 팔짱을 풀며 말했다. 술에 취한 사람처럼 연애에 취해 보였다.

"로미오? 줄리엣?"

현아는 취한 경이 언니를 깨우듯 물었다.

"참, 너희는 모르지? 천재 작가, 셰익스피어가 쓴 비극이지. 모모가 어제 읽어줬거든."

경이 언니가 우리보다 모모와 가까워지다니, 내 마음은 한없이 가라앉았다. 누가 나를 무시하거나 놀린 것도 아닌데 우울했다. 로미오와 줄리엣 책을 당장 읽고 싶었다. 모모가 해준 이야기를 나는 모르고 있다니, 어서 그 책을 빌려 읽어야 한다.

"언니, 그 책 있어? 로미오…?"

제목이 정확히 기억나지 않았다.

"로미오와 줄리엣! 내일까지 다 읽어가야 해서. 다 읽고 빌려줄 게."

경이 언니가 영어를 배우더니 이제 외국 주인공의 이름을 멋지게 발음했다. 나는 지금 당장 중학생이 되지 못하는 게 원망스러웠다. 인어공주의 마녀가 목소리 대신 나이를 더 먹게 해준다면 나는 기꺼이 그럴 수도 있을 것 같았다.

"너는 그게 지금 궁금하니? 숙이 언니는 어디서 지내? 설마 국이 오빠 집에 같이?"

현아는 나를 다시 연애 이야기 속으로 들여놓았다.

"아니, 중앙동 만석 문구점! 만석이 오빠네 집에. 만석이 엄마가 숙이 언니네 막내 이모래."

만석 문구점은 생긴 지 6개월 정도 됐다. 우도 사람들은 농사를 짓거나 물질을 하는데 만석이 엄마는 물질도 농사도 지을 줄 몰랐다. 고시 사람이었다. 고시는 우도 섬이 아닌 곳. 시내를 이르는 말이다.

"숙이 언니네 집에서는 난리래. 국이 오빠를 떼놓으려고. 숙이 언니가 국이 오빠 만나려고 우도에 온 거 언니네 집에서는 아직 모르나 봐."

경이 언니가 목소리를 낮췄다.

"아, 어떡해?"

현아는 울 것 같은 얼굴이 되었다. 내가 모모랑 결혼한다면 우리 집에서도 그러겠지. 나이 차이가 엄청나니까. 그런 실없는 생각을 하며 국이 오빠와 숙이 언니가 결혼하길 바랐다. 국이 오빠가 숙이 언니한테 청혼할 때 꽃을 바치며 이럴 것이다. '꽃밥을 받아주오!' 라고. 상상이 거기에 이르자 웃음이 났다.

"장애는 국이 오빠가 그러고 싶어서 선택한 것도 아닌데 그것 때문에 반대하는 어른들을 이해할 수가 없다니까."

경이 언니는 어른들이 못마땅하다며 치를 떨며 말했다.

나는 내일부터 다시 공회당에 가야겠다고 결심했다. 모모가 수학 어렵다고 했지 책이 어렵다고는 안 했다. 독서 토론 시간을 염두에 두지 않았다니 내가 치밀하지 못했음을 반성했다.

"나는 둘 사랑이 이뤄질 거라고 봐."

현아가 주문이라도 되는 듯 쐐기를 박았다.

"네가 무슨 도사냐? 예언하게?"

경이 언니가 현아 머리를 쥐어박았다. 현아가 언니를 잡아먹을 듯 인상을 썼다.

"현아야, 내일 나도 공회당 갈래."

나는 선포하듯 말했다. 모모가 읽어주는 책에 대해 알아야겠다. 수학 시간에 나는 4학년 산수를 예습하면 된다. 모르는 건 물어보면 되고.

현아 집에서 자고 오려다가 나는 이불을 박차고 일어났다. 오빠가 썼던 4학년 산수 수련장을 찾아봐야 했다. 방학할 때 교과서는 학교에 다시 냈을 테지만 문제집인 수련장은 오빠 방 어딘가 있을 수 있다.

나는 서둘러 집으로 왔다. 국이 오빠와 숙이 언니. 모모와 나. 모모와 경이 언니가 내 머릿속을 어지럽혔다. 현아는 내 경쟁상대가 아니다. 내 경쟁상대는 이제 경이 언니였다. 언니만 알고 나는 모르는 일, 모모와 연관된 그런 이야기는 있어선 안 될 일이었다. 어렴풋이 사랑을 알 것 같았다. 국이 오빠와 숙이 언니 사랑이 이뤄진다면 내 사랑도 이뤄질 것만 같은 미신 같은 믿음과 억지스러운 고집이 내 안에 자리 잡았다. 나는 굽이 높은 구두를 신는 아가씨가 된 기분이었다. 친구인 현아가 어린아이처럼 느껴졌다.

다음 날 나는 다른 오빠, 언니들이 오기 전에 공회당에 갔다. 모모와 국이 오빠가 있었다.

"나도 로미오와 줄리엣 읽고 싶어요."

다짜고짜 말했다.

"단오가 책을 많이 좋아하는구나!"

국이 오빠가 조금은 놀란 표정으로 물었다.

"독서광은 못 말린다니까. 오늘 토론 수업 끝나고 빌려줄게. 쉽게 쓰인 책이니까 단오도 이해할 수 있을 거야."

모모 앞에 놓인 탁자에는 읽다가 둔 듯 '셰익스피어 4대 비극'이 양 날개를 편 채 엎드려 있었다.

"지금 읽고 있어도 되죠?"

내가 책을 들었다.

"하하. 되고말고. 우리 단오라면 읽어도 되지."

모모가 큰소리로 웃었다. 우리 단오! 모모에게 나는 우리 단오다. 기분이 날아갈 것 같았다.

"정숙 씨는 늦네."

모모가 공회당 입구를 바라보며 물었다.

"곧 오겠지. 내일이면 우리 특강도 끝이네."

국이 오빠가 무심한 듯 대답했다.

중학생이 되는 오빠들과 언니들이 우르르 들어왔다. 동천진동 사는 석현이 오빠도 왔다. 공부한다는 소문을 더 새겨들었을까? '재밌고 신기해'라는 소문에 방점을 찍었을까? 교과서를 공부하는 곳이 목적임은 분명한 이곳에 나타나다니 하늘이 두 쪽 날 일이다. 석현이 오빠가 있는 곳이면 그곳이 어디든 놀이터가 되니까. 놀기 위해 왔겠지. 공회당은 발차기가 난무하고 남학생들이 몸으로 부딪치는 요란함과 언니들이 재잘대는 소리로 장터처럼 시끌거렸다.

숙이 언니는 아직도 오지 않았다.

"아무래도 늦네. 토론 먼저 해야겠다."

모모가 내게 손바닥을 펼치고 내밀었다. 책을 돌려주고 이따 읽으라는 뜻이다.

"자, 다 읽어왔지요? 읽은 사람, 손?"

경이 언니랑 두엇이 손을 들었다.

"좋아. 그럼 다 읽은 경이가 먼저 읽은 소감을 말해볼까?"

경이 언니가 공책에 적어온 걸 읽기 시작했다.

"저는 로미오와 줄리엣이 너무 불쌍해요. 줄리엣이 죽은 줄 알고 로미오도 죽다니요. 이런 비극이 어딨냐고요?"

경이 언니는 책에 너무 몰입해서 읽은 표가 났다. 언니의 얘기만 듣고 있어도 얼른 로미오와 줄리엣을 읽고 싶었다.

"누나가 끌려가요."

만석이 오빠가 공회당 문을 거세게 열어젖히며 소리쳤다. 얼마나 뛰어왔는지 헐떡이는 숨이 제 속도를 찾지 못했다. 국이 오빠가 반사적으로 일어나 만석이 오빠를 앞세워 갔다.

"누구한테?"

경이 언니는 공책을 덮고 벌써 신발을 신고 있었고 모모도 뒤

따랐다.

"부두로 갔어요."

국이 오빠가 중앙동 문구점으로 가려는 걸 만석이 오빠가 동천 진동 쪽으로 가는 길을 가리켰다.

"우리 큰이모부가 뿔이 나서 장난 아니에요. 누나가 뭐라 했더니 뺨도 때렸어요."

만석이 오빠는 가쁜 숨을 몰아쉬며 얘기를 이어갔다. 피리 부는 사나이를 따라가듯 우리는 줄지어 부두로 뛰듯이 걷듯이 달렸다. 굽은 등을 짐처럼 짊어진 국이 오빠는 속도를 내려 했으나 마음만 앞섰다. 자꾸 뒤처졌다. 모모가 보조를 맞추느라 서서 기다리곤 했다. 부두에 다다르자 어른들이 모여있고 만석이 엄마도 보였다. 머리카락이 빠져 휑한 저 아저씨가 숙이 언니네 아버지인가 보다.

"어디 사람 볼 줄을 그리 몰라? 남자가 그리 없어? 학교고 뭐고 다 때려 쳐!"

사람들이 듣거나 말거나 아저씨는 숙이 언니를 향해 소리를 질렀다.

"얼마나 좋은 사람인데 아버지는 함부로 말하세요? 얘기도 한 번 안 해보고 겉모습만 가지고 그래요?"

숙이 언니도 만만치 않았다. 배 떠날 시간이 될 때까지 더 많은 사람이 모여들 것이고 다음 날이면 섬 전체에 소문이 퍼질 것이다. 숙이 언니와 아버지는 그러거나 말거나 그런 데 신경 쓸 여유가 없어 보였다.

"뭐야? 함부로라고? 애비한테 하는 말버릇이 그게 뭐야? 네가 단단히 미쳤구나!"

총성만 없지 둘이 싸우는 전쟁터였다.

"국아, 오늘은 그만 가자. 정숙 씨 아버님이 화가 단단히 나셨네. 다음에 인사하는 게 낫겠다."

모모는 국이 오빠 어깨를 감쌌다. 무슨 봉변을 당할지 걱정이 됐다. 숙이 언니 아버지 하는 모양으로 봐서 오늘 국이 오빠는 사람들 앞에서 망신만 당할 게 뻔했다.

"병신 같은 그런 놈이 뭐가 좋다고?"

이 말은 국이 오빠가 듣지 않았어야 했다. 그런데 국이 오빠도 숙이 언니도 듣고 말았다.

"얼른 가자."

모모는 국이 오빠를 일찍 돌려세우지 못한 걸 후회했다.

"언젠가는 부딪혀야 할 일이야."

동천진동까지 달려오느라 힘이 다 빠진 국이 오빠가 숙이 언니가 있는 곳을 향해 걸었다. 사람들 시선이 국이 오빠 걸음을 따랐다.

"오빠!"

숙이 언니가 국이 오빠를 향해 마주 왔다.

"제가 잘못했습니다."

국이 오빠가 숙이 언니 아버지 앞 시멘트 바닥에 무릎을 꿇었다. 국이 오빠의 불룩한 등이 오늘따라 더 불룩해 보였다.

"오빠가 뭘 잘못해? 사람들이 색안경을 끼고 보는 게 잘못된 거지. 어서 일어나, 오빠."

숙이 언니는 얼마나 울었는지 눈이 통통 부어있었다.

"어디 넘볼 데가 없어서 우리 딸을 탐내. 탐내길! 그 꼴에 말이돼?"

숙이 언니 아버지는 씩씩대는 걸 멈추지 않았다.

"아버지, 말이면 다 말인 줄 아세요? 제가 국이 오빠보다 나은게 뭐 있어요? 국이 오빠는 장애를 갖고 싶어서 가졌어요? 아버지는 사람 마음 다치는 건 안중에도 없죠? 그게 장애 아니고 뭐예요?"

숙이 언니가 악을 쓰며 대들었다.

"이게 아직도 정신을 못 차렸네. 어디서 바락바락 말대꾸야? 병신 같은 놈을 사귀더니 아예 돌았구나! 돌았… 숙아!"

숙이 아버지가 말을 마치기 전이었다. 숙이 언니가 바닷물로 뛰어들었다.

"저런, 이를 어째? 이 찬 데를?"

아주머니 한 분이 혀를 찼다.

"아니, 저것이!"

숙이 언니 아버지는 발만 동동 굴렀다. 언니가 수영할 줄 알까? 이렇게 추운데. 얼어 죽으려고 작정한 건가. 언니 키보다 세 배도 넘는 깊이다. 사오 분이 지나도 언니는 떠오르지 않았다. 수영할 수 있어도 나오고 싶지 않은 것 같았다.

"풍덩"

국이 오빠였다.

"국아!"

모모가 붙잡으려 했으나 이미 늦었다. 내가 아는 한 국이 오빠는 수영을 못한다. 맨몸은 물론이고 젖은 옷 밖으로 불룩한 등은 더 고집스럽게 위로 솟을 테니까 수영을 멀리했을 것이다.

"국이 오빠 수영 못한단 말이에요!"

경이 언니의 울부짖음이었다. 경이 언니는 막대기 같은 걸 찾으려고 주위를 살폈다.

"단오야, 너도 찾아봐. 얼른!"

경이 언니 고함에 나도 두리번거리며 찾았지만, 막대기는 보이지 않았다. 막대기로 쓸만한 것도 없었다.

숙이 언니가 국이 오빠를 부르며 수면 위로 얼굴을 내밀었다.

"오빠!"

숙이 언니가 국이 오빠를 향해 헤엄쳐갔다.

"오빠!"

숙이 언니가 할 수 있는 일이라곤 국이 오빠를 소리쳐 부르는 것밖에 없는 듯 보였다.

"풍덩"

국이 오빠를 향해 뛰어든 사람은 모모였다.

"오빠!"

연거푸 국이 오빠를 부르는 숙이 언니 얼굴은 새파랗게 질려 있었다. 국이 오빠는 일부러 허우적거리지도 않았다. 바닷속에 영원히 가라앉음을 택한 사람 같았다.

"안돼! 오빠!"

"국아!"

숙이 언니가 국이 오빠를 들어 올리려 물속으로 들어갔다. 모모와 함께 양쪽에서 국이 오빠를 잡고 선창으로 옮겼다. 올라오자 세 사람에게서는 바닷물이 줄줄 흘렀다. 보고만 있어도 온몸이 으스스 추웠다.

국이 오빠는 동천진동 석현이 오빠네 경운기에 실려 집으로 갔다. 숙이 언니는 아버지 손에 끌려 배에 태워졌다. 반대 방향으로 멀어졌다. 국이 오빠는 송아지가 팔려 가자 외양간에서 밤새 우는 어미 소처럼 그렇게 꺼이꺼이 울었다.

경이 언니도 며칠을 폭 앓았다. 마음이 몸을 아프게 했다. 어른이 되고 싶지 않다고 했다. 겨울방학 예습특강은 끝맺지 못했고 사랑은 끝났다.

국이 오빠와 숙이 언니는 이루어질 수 없는 사랑이었다. 국이 오빠가 꽃밥을 바칠 기회는 끝내 오지 않았다. 그길로 국이 오빠는 절에 들어갔다고 했다.

나는 자라면서 '포기'가 사랑일 수도 있겠다는 생각이 어렴풋이 들었지만, 여전히 두 사람을 떠올리면 가슴 아팠다. 우리 한글 24자로 세상에 표현하지 못할 게 없다고 해놓고는 영어 26자까지 아는 사람이 사랑을 말하지 못했다. 언어를 아는 것도 부질없었다. 사랑은 언어 너머에 있나 보다. 내가 모모를 그리워하는 것도 언어 너머 그 어디쯤일 것이다.

⑩
모모가 써준 사연

우리 동네에는 별명이 김삿갓인 할아버지가 살았다. 김길동 아저씨네 아버지였다. 할아버지는 역마살이 도져서 김삿갓처럼 안 돌아다닌 곳이 없다. 처음엔 배를 타는 직업 때문에 떠돌더니 배에서 내린 후에는 전국 팔도 안 간 곳이 없다고 했다. 일 년에 한 번, 섬 집에 돌아와서 한 달쯤 살다가 또 떠났다. 노래 가사처럼 할머니는 섬이어서 그 자리에 있고 할아버지는 배여서 마음대로 왔다가 제멋대로 떠났다. 그랬던 할아버지가 그해 우도를 떠나지 않았다. 그건 냉장고 때문이었다.

"우리 길동이가, 길똥이 아니고 길, 동이여. 발음을 잘해야 혀."

이름을 천천히 말하며 발음을 특히 조심하라며 강조했다.

"우리 김 부장이 냉장고를 보냈잖어."

김 부장은 김삿갓 할아버지의 하나밖에 없는 아들이다.

냉장고가 들어오는 날, 사람들은 입을 다물지 못했다. 대기업에 다니는 길동이 아저씨가 보낸 냉장고는 어마어마하게 컸다.

우도에는 저녁에만 몇 시간씩 전기가 들어오다가 얼마 전부터 24시간 전기가 들어왔다. 처음에 텔레비전 있는 집이 몇 집 없었던 것처럼 냉장고 있는 집도 몇 집 안 됐다. 김삿갓 할아버지네 집에 냉장고가 들어온 날은 집 한 채가 들어온 것처럼 떠들썩했다. 부산에서부터 실려 오느라 배달비가 만만치 않았다. 할아버지는 배보다 배꼽이 더 크다며 배달비를 깎으려고 언쟁이 요란했다. 어쨌거나 냉장고는 부산에서 큰 배, 성산포에서 작은 배, 도로마다 트럭, 우도 부둣가에서 경운기. 여러 운송수단을 거쳐 우리 동네에 왔다.

큰 냉장고는 골칫거리였다. 할아버지 집 안에는 냉장고가 들어가지 않아서 도저히 넣을 수 없으니 공회당에 좀 두자고 했다. 공회당은 김삿갓 할아버지 집과 가깝기도 했다. 뭔가 김삿갓 할아버지의 꿍꿍이가 숨어있는 건 아닌지 진즉 눈치챘어야 했다. 안에 못 넣으면 헛간에라도 갖다 놓아야지. 개인 냉장고를 공회당에 놓으라니 말이 되나. 전기세는 얼마간 내겠다고 했다. 주민의 생각은 묻지도 않고 동장님의 결정으로 냉장고는 공회당에 놓이게 되었다.

"우리 길동이가 이번에 상품으로 받은 거라네."

그 큰 걸 굳이 이렇게 먼 섬으로까지 보내는 길동이 아저씨 마음을 알 수 없었다. 작은 배가 냉장고를 실어 오느라 뒤집힐 듯

휘청여서 조마조마했단다. 배 뒤집히면 냉장고값을 자기가 물어 낼 뻔했다고 배달 기사 아저씨가 툴툴댔다. 정신적 고통이 컸음을 여러 차례 피력했다. 기사 아저씨가 배달비를 받아 내는데 현란한 말솜씨가 한몫했다.

배달비를 못 깎고 그대로 내준 김삿갓 할아버지는 좋은 수를 생각해냈다.

공회당에서 방송이 나왔다.

"에헴, 존경하는 영일동 여러분, 여러분도 아시다시피 날이 어두워야만 몇 시간 들어오던 전기가 이제 24시간 들어오게 되었습니다. 우리 섬의 경사가 아닐 수 없습니다. 이에 우리 김 길. 동. 부장이 냉장고를 보냈습니다. 다 들어서 알겠지만, 배달비만 어마어마하게 나왔습니다. 그렇게 비싼 냉장고를 보낸 데는 다 이유가 있을 거로 생각합니다. 우리 주민들이 좀 더 편하게 살아보라는 뜻이 아니고 뭐겠습니까요? 결코, 나 혼사 편하게 지내라고 보내지는 않았을 것입니다. 얼음도 만들어 주고 수박화채도 해 먹고 오이냉국도 얼음 넣어 시원하게 해먹을 수도 있고요. 큼큼, 에, 그래서 내가 심사숙고했는데 주민이 모두 같이 사용하면 좋겠습니다. 배 타고 장날마다 나가기도 힘들고 지난해에는 추석 제물 사러 세화장 가다가 전흘동 배가 뒤집혀 몇 분을 저세상으로 보내지 않았습니까? 냉장고가 없으니 추석을 코앞에 두고 우르르 장으로 나가다가 인원 초과로 그런 화를 입었습니다. 제사가 다가오는데 태풍이 불면 생선 없이 제사를 지내기도 했습지요. 이제 그럴 걱정 없습니다. 미리미리 장을 보고 냉장고에 넣어두면 마음 푸근허니 놓고 조상들을 떳떳하게 만날 수 있을 것이외다. 이렇게 크고 좋은 물건이니 당연히 전기세가 꽤 나올 테죠. 그래서 공짜로 해드리기에는 부담이 큽니다. 비싼 돈 주고 냉장고를 살 필요 없이 삯을 내고 쓰면 어떨까 생각합니다. 아무쪼록 많은 애용 바랍니다. "

김삿갓 할아버지의 방송은 길었다.

"못 들은 분들을 위해 다시 한번 말씀 드리겠습니다."

다시 한번 되풀이 방송이 이어졌다.

"김삿갓 아니랄까 봐 저걸 돈 받고 맡기는 게 말이 돼?"

인심 야박하게 장사한다면서 욕하는 사람도 있었다.

"이건 민심을 교란시키고 그동안 우리가 쌓아온 인정 문화에 대한 명백한 도전이야!"

고등학교까지 나온 정웅이 아버지가 불만을 드러냈다.

냉장고에 가격표가 쫙 붙어 있었다. 밥그릇 얼음 크기 50원, 밭일 갈 때 얼음주머니는 100원, 가루 주스를 사서 아이스크림도 만들어 30원에 팔았다. 구멍가게서도 살 수 없는 아이스크림을 파니까 아이들은 구멍가게에 줄을 서듯 공회당 냉장고 앞에 줄을 섰다.

"제수용 고기 같은 걸 맡겨놓으니 태풍이 와도 걱정할 필요가 없어 좋네. 돈 받는 건 얄밉지만 좋은 점도 있네. 뭐."

인심 야박하다 욕하던 사람들도 제사음식 장을 맡기곤 했다. 깎아달라면 아주 조금이지만 깎아주기도 했다.

"아무나 생각 못 할 일이제. 영감이 똑똑허네. 대동강 물을 팔아먹은 김선달이 따로 읎네."

냉장고로 돈을 벌어야 했던 김삿갓 할아버지는 냉장고 가게 주인으로 살며 떠돌이 삶을 접었다.

"길동이 아버지가 집 나갈 때가 됐는데 아직도 집에 붙어 있네 그려."

길동이 아저씨네 어머니는 동네 사람 인심 잃는다고 할아버지를 걱정했지만 떠나지 않아서 안심하기도 했다. 한여름 한 달을 냉장고 옆에 의자를 두고 앉아서 구멍가게 지키듯이 지켰다.

여덟 살인 우리 남동생은 어른 되면 큰 냉장고 두 개 사서 아이스께끼를 팔 거라고 했다. 봉지에 든 오렌지 주스 가루를 물에 타서 틀에 붓고 냉동실에 넣어 만든 아이스크림은 불티나게 팔렸다. 그걸 사 먹고 싶어서 아버지 양복 안 주머니 백 원짜리 동전을 훔친 적도 있다. 남동생의 꿈은 큰 냉장고 두 개의 주인이 되는 것이었다.

하지만 남동생이 경제적 멘토로 삼은 김삿갓 할아버지의 사업은 얼마 못 가 끝나고 말았다.

사업은 역시 순탄하게 잘되지만은 않는다는 것을 목격했다. 가끔 섬에는 정전이 되었다. 그래 봤자 30분 안쪽이었다. 그런데 여름이 끝날 무렵 태풍이 덮쳤다. 태풍 때문에 섬 전체가 바닷물에 쓸려가는 줄 알았다. 이제까지의 태풍과는 달랐다. 강력했다. 섬은 쑥대밭이 되었다.

"아이고, 이런 이런, 올해 농사는 다 끝났네. 끝났어."

고구마 농사가 전부인데 줄기째 다 쓸려가고 운 좋은 줄기가 가뭄에 콩 나듯 듬성듬성 살아남았을 뿐이었다.

"길동 아부지, 괜찮아요?"

지나는 길에 밭담에 걸터앉아 넋을 잃은 할아버지에게 엄마가 물었다.

"안 괜찮네. 전기가 크게 다쳐서 영영 저세상으로 가 버렸네."

나는 전기가 저세상으로 갔다는 표현이 재밌어서 속으로 한참 웃었다.

하루 이틀 사흘이 지나도 전기는 살아오지 못했다. 동네 사람들은 무너진 밭담을 쌓고 집 안을 정리하고 길바닥에 쓸려온 것들을 치우고 하느라 사나흘을 보냈다. 대충 마을이 제 모습을 갖췄는데 전기는 들어오지 않았다. 사람들은 갑갑해도 참았다. 나라 전체가 태풍으로 엄청난 피해를 입었는데 이 정도쯤은 참아야 한다고 생각했다.

대충 정리가 끝난 마을을 보며 모두 둘러앉아 고생 많았다고 막걸리 한 잔씩 할 때였다. 술안주를 먹다가 그제야 냉장고가 생각난 것이다.

"맞다!"

"맞다. 우리 음식."

사람들은 막걸릿잔을 내려놓고 우르르 공회당으로 갔다.

"이를 어째? 이를!"

김삿갓 할아버지는 냉장고의 물건들을 꺼내고 그늘에 앉아 바람을 쐬어주고 있었다.

"아이고, 우리 고기 이게 얼마어친데 다 상했네. 세상에, 이게 다 뭐야?"

사람들이 자기네 물건 찾느라 널린 비닐봉지를 뒤지며 울상이었다.

"우리 할아버지 제사에 쓸 건데 이거 뭡니까? 어떡할 거예요?"

따져도 소용없겠지만 사람들은 비용을 치렀으니 책임을 져야 한다고 했다.

"아이고, 영민이 어머니 맘 알지. 제수 고기에 벌겋게 핏물이 고여 흐르고 냉장고의 물건들은 뒤죽박죽, 썩어서 냄새가 코를 찌르는데 버리지도 못하고 저 양반이 며칠 동안 끙끙 앓았어. 죽은 아들 붕알 만지는 격으로 얼마나 속앓이를 해댔는지 사람이 며칠 새 폭삭 늙어 부렀어."

길동이 어머니가 김삿갓 할아버지 대신 변명을 했다.

"그래도 변상은 하셔야죠."

비싼 물건을 맡긴 사람들은 할아버지를 용서할 수 없다고 했다.

"그러게, 마을 사람들한테 돈을 받을 때부터 알아봤어야 했는데. 너무한다 싶더라니."

사람들이 수군댔다. 2차 태풍이 따로 없었다. 동네 사람들은 물건을 맡겼으면 돈을 달라고 하지 않아도 먹은 걸 나눠주거나 하며 그만큼의 마음을 보여주고 보상했을 것이라고 했다.

"내가 찬찬히 갚으리다. 추석 때 쓰려던 고기들이 오죽 많아야지."

길동이 어머니가 배상하겠다고 사람들을 달랬다.

"자자, 너무 야박하게 그러지 마시게들. 천재지변인 것을 어쩔 수 없잖은가. 조상들도 다 이해하실 걸세. 동네 사람들이 무사하잖은가. 이만하길 다행이지. 이번 추석이나 가까운 제사들은 간소하게 지내고 다들 없던 일로 하세."

우리 동네에서 제일 나이 많으신 무근이 할아버지가 동네 사람들을 달랬다. 하얀 수염이 도사처럼 늘어진 무근이 할아버지의 얘기를 들으며 사람들은 화난 마음을 삭이려고 노력했다. 김삿갓 할아버지는 눈물을 뚝뚝 흘리면서 어르신 가슴에 얼굴을 묻었다.

김삿갓 할아버지는 냉장고 일을 계기로 정말 폭삭 늙어버렸다. 몸져누워 있대서 사람들이 병문안하러 갔다. 우리 엄마도 그날 잡은 전복 중 흠이 나서 팔 수는 없다며 죽이나 끓여 드시라고 가져갔다.

"단오 어무이, 정말 고마우이. 그런데 내 부탁이 하나 있소. 모모를 불러주소."

앙상해져 가는 할아버지가 모모를 찾았다. 어머니가 내게, 가서 모모를 불러오라고 했다.

할아버지가 모모를 찾는 게 이해가 되지 않았다. 모모도 영문을 모르기는 마찬가지였다. 모모가 방으로 들어가자 할아버지는 일어나 앉아 모모 손을 잡았다.

"자네가 그렇게 명석하다지? 경비대장 육촌 조카이면서 송 교장하고는 오촌이라지? 내 다 들었네. 무슨 사연으로 여기 왔는지도 대충은 알지. 책도 겁나 많이 읽고 편지도 잘 쓴다고 들었네만?"

김삿갓 할아버지는 모모에 대해 나보다 더 많이 알고 있었다. 섬을 떠나 살다 보면 통찰력이 생기는 걸까?

모모는 무슨 뜻인지 몰라 대답을 하지 못했다.

"내가 죽을 날도 머지않은 것 같은데 마을 사람들에게 제대로 된 용서를 빌지 못했네. 나는 근사하게 용서를 빌고 싶네. 그래서 말인데 자네가 라디오에 편지를 좀 써주었으면 하네. 내 이름으로 말일세. 내가 누워서 할 수 있는 게 라디오를 듣는 일 말고는 없네. 라디오가 없었으면 어쩔 뻔했나 싶네. 밤에도 잠을 못 자는 내게 유일한 낙이 라디오라네. 소원이니 꼭 들어주었으면 하네만."

할아버지가 무슨 편지를 써달라는 건지 모모도 나도 감을 잡지 못했다. 듣고 종합한 내용은 경이 언니도 그렇게 열심히 듣는 '별이 빛나는 밤에'에 사연을 보내 달라는 거였다. 모모는 기꺼이 그러겠노라며 할아버지의 이야기를 듣고 사연을 썼다. 할아버지는 아주 마음에 들어 했다. '냉장고 영감님의 사과'라고 제목도 붙였다.

그러나 어찌 된 일인지 그 사연은 방송되지 않았다. 김삿갓 할아버지는 이제나저제나 사연이 나올까 기다리다 지쳤다. 또 부탁하기는 미안했던지 다시 모모를 부르지는 않았다.

기다림으로 시간이 흐르고 겨울이 왔다. 김삿갓 할아버지는 기다리고 기다리다 별이 빛나는 곳으로 직접 떠나셨다.

"아부지! 아부지!"

길동이 아저씨가 집에 들어서며 마련된 빈소에 신발도 제대로 벗지 못하고 통곡을 했다.

"아이구, 길똥아. 어서 오너라."

절을 하는 길동이 아저씨 엉덩이를 보며 누가 이 상황에서 농담을 던졌다.

"길동이는 아버지를 아버지라고 못 부른다더니만 잘 부르네. 홍 씨가 아니어서 그런가?"

웃음을 참느라 영희 할머니 얼굴이 벌게졌다.

"아버지 임종도 못 지키다니 제가 불효잡니다."

길동이 아저씨의 곡소리는 장례 내내 멈추지 않았다.

"육지서 온다고 늦을 수밖에 없지. 섬이라 그런 거지. 니 탓이 아니다."

친척 어르신이 엎드려 우는 길동이 아저씨 등을 두드리며 위로 했다.

김삿갓 할아버지는 우도봉 공동묘지에 묻혔다. 입을 요롷게 오 므리고. 길. 동. 이라고 발음해야지. 라고 말하던 냉장고 할아버 지의 생전 모습이 눈에 어렸다.

설령 사연이 소개되었더라도 우리 동네 어른들은 듣지 못했을 것이다. 방송되는 시간은 낮에 힘들게 일하는 어른들의 시간이 아니었다. 경이 언니 같은 청소년들이나 잠 못 이루는 사람만이 깨어있을 시간이었다.

모모가 써 보낸 사연은 어디쯤, 누구 손에 잠들어 있을까?

⓫
돼지가 반하는 엉덩이를 가진 사나이

모모가 화장실이 급하다고 우리 집으로 뛰어들었다. 광수 오빠도 뒤따라왔다.

"저기요!"

둘째 오빠가 변소를 안내했다.

"으아악"

모모는 팬티를 다 올리지도 못하고 똥을 누다가 뛰쳐나왔다. 똥이 쏙 들어갔겠다.

"돼지가! 시커먼 돼지가 내 엉덩이를 먹으려고…."

돼지가 엉덩이를 먹으려 한다고 혼비백산해서 나왔다.

"하하. 형 엉덩이가 포동포동 맛있게 생겼나 보죠."

오빠가 놀렸다. 광수 오빠도 껄껄 웃었다. 그 후 우리는 툭하면 모모에게 돼지가 반한 엉덩이를 가진 사나이라고 놀렸다.

변소는 돼지가 사는 집이기도 하다. 돼지는 쌀뜨물부터 고구마

껍질, 온갖 채소 쓰레기, 음식물쓰레기를 물과 섞어주면 뭐든지 먹어 치웠다. 쓰레기 처리를 고민할 필요가 없었다. 당연히 우리 똥까지 말끔히 먹어 치웠다. 우리가 두 개의 널빤지에 다리를 하나씩 올리고 똥을 누면 구멍 아래서 돼지는 코를 킁킁거리며 빨리 똥을 누라고 보챘다. 굶주렸을 때 보챔이 심했다. 일어나자마자 돼지 먹이부터 줘야 한다. 모모는 돼지가 배를 한껏 곯았을 때 맞춰 걸린 것이다. 돼지는 쑥쑥 잘 자라고 금세 통통해지고 새끼도 많이 낳았다. 집 안의 보물이었다. 봄 여름 가을 열심히 키워서 결혼식이 많은 겨울에 팔려나갔다. 동네 혼사가 있을 때마다 돼지는 아낌없이 살찌운 몸을 내주었다. 동네 사람들 배를 채워주는 기름진 고깃덩이였다.

윗동네 혁이네 큰 누나 잔치가 있던 날, 고기를 너무 많이 얻어먹은 남동생은 배탈이 났다. 냄새나는 변소를 밤새도록 드나들었다. 그런데 다음 날 보니 동생 내복 바지가 똥칠이 되어 있었다. 설사 똥을 받아먹으려고 아래서 기다리던 돼지 얼굴이 설사 똥으로 도배가 된 것이다. 그게 맛있는지 돼지는 동생 엉덩이를 치며 핥고 동생은 엉덩이를 피하려고 요리조리 흔들며 피하려 했지만 두 다리를 제자리에서 들었다 놨다 할 뿐이었다. 바닥에 똥을 묻힐까 봐 널빤지를 벗어나지도 못하고 배는 아프고 설사는 나고 돼지는 치받고 돼지 코에 묻었던 똥은 다시 동생 엉덩이에 묻었다. 동생은 변소에 드나드느라 잠을 못 잤고 나는 후레시를 들고 보초를 서느라 선잠을 잤고 돼지는 설사 똥을 받아먹느라 잠을 설쳤다.

돼지가 보물이 되기까지 우리가 인내해야 하는 것도 만만한 일은 아니었다. 비가 오기라도 하면 변소에 가는 게 무서웠다. 장마철에 똥이 고공낙하 하면 똥물이 튀어 올라 엉덩이를 건드리고 갔다. '퐁' 소리가 '똥!'으로 사납게 들린다. 그게 싫어서 우산을 쓰고 변소와 나란히 붙어 있는 텃밭에 앉아 볼일을 보기도 했다.

변소 바로 옆에는 땅을 파서 바닥과 사방을 시멘트로 발라 만든 똥오줌 저장고가 있었다. 우물처럼 파인 이곳은 네모난 구덩이였다. 보리밭에 보리가 5센티미터쯤 자라는 봄이 되면 이걸 퍼내서 거름으로 뿌렸다. 저장고는 퍼내기 쉽게 땅 높이보다 조금만 높게 만들었다. 덮개는 나무 널빤지로 덮어뒀다. 변소 옆에 가면 변소 냄새도 냄새지만 거름을 만들려고 모아둔 오물통 냄새로 소매나 손가락으로 코를 막아야 했다.

비바람과 시간을 견디다 보면 덮개인 널빤지는 썩거나 해서 냄새가 솔솔 새어 나왔다. 독성이 강한 이곳에 빠져서 눈이 먼 아이도 있고 심지어 죽은 아이도 있다.

광수 오빠도 똥통에 빠진 아이 중 하나였다. 가까스로 목숨은 건졌으나 바보가 되고 말았다. 광수 오빠네 엄마는 광수 오빠가 쓸데없이 책을 너무 많이 읽어서 바보가 됐다고 생각한다. 하지만 동네 어르신들은 똥통에 빠져서 그렇게 됐다고 했다.

바보가 되기 전, 광수 오빠는 광적으로 책을 좋아했다. '그놈의 책 좀 그만 읽으라'고 야단을 맞는 게 일이었다. 밭일은 거들지 않고 책만 읽는다고 광수 오빠 아버지는 얼마나 화를 냈는지 모른다.

고구마 수확 철에는 그 어떤 때보다 바빴다. 5시간 이상 자는 농부는 없었다. 소로 밭을 갈고 호미로 고구마를 캐고 모아서 잔디밭으로 옮기고 손 기계를 돌려 일일이 고구마를 썰고 고루 펴서 널어 말려야 했다. 고구마는 하루아침에 마르는 게 아니라서 여러 날을 매달려야 했다. 썰어서 바짝 마른 고구마를 빼떼기라 부른다. 하루는 고구마를 널어놓았는데 밤에 비가 왔다.

"비 온다! 비!"

빗소리를 맨 먼저 알아챈 사람이 동네 사람들 들으라고 소리를 지른다.

얼른 일어나 빼떼기를 덮으라고 외치며 밭으로 달려간다.

사람들은 적군이 쳐들어와 피난 준비를 하듯 밭으로 달려가 비닐 천막 등으로 말리던 고구마를 덮었다. 정신없는 나날이 이어졌다. 학교에서도 농사일을 도우라고 농번기 방학을 했다. 7살짜리도 바구니에 빼떼기를 날라야 했다. 지나가는 나그네의 손이라도 빌려야 할 때인데 광수 오빠는 일이 안중에 없었다. 밭에 와서도 한 고랑도 못 캐고 한 손에 들린 책 속에 빠졌다. 홍수가 와서 곡식이 떠나가도 책을 읽었던 옛날 선비들처럼 책만 읽었다. 책 중독자였다.

우도에 전기가 들어오기 전에는 호야불(등잔불)을 켜거나 촛불을 켰는데 광수 오빠 집에 불이 났다. 책을 읽다가 촛불을 안 끄고 잠든 것이다. 한밤중에 깬 동네 사람들이 양동이란 양동이는 다 내와서 불을 껐는데 초가집은 돌담만 남기고 금세 홀라당 다 탔다. 광수 오빠는 책이 불에 탄 게 슬퍼서 꺼이꺼이 울었다. 사흘 내리 얼마나 우는지 아버지 어머니가 죽어도 그렇게 울 거냐고 욕을 들었다.

어느 날 책만 보던 광수 오빠가 똥통에 빠져 진짜 바보가 되었다. 이제는 더는 책을 보지 않고 놀림을 받긴 하지만 우리 동네에서 가장 행복해 보였다.

"광수 바보!"

아무도 광수 오빠보고 오빠나 형이라고 부르지 않는다. 다섯 살 꼬맹이부터 열 살 먹은 우리나 예순 살 먹은 할머니나 그냥 광수라고 불렀다. 광수 오빠네 엄마도 아들이 놀림을 받아서 처음에는 속상했을지 모르지만, 지금은 아이들이 놀려도 그런가 보다 했다.

광수 오빠는 모모를 졸졸 따라다녔다. 농번기에 모모가 일하러 가는 집마다 따라가서 일을 돕는 척 열심이다. 그러나 방해가 될 뿐이었다. 딴에는 땀 닦을 수건도 목에 걸치고 다닌다. 옷은 아버지 옷인지 헐렁해서 허수아비 같다.

"광수 이놈, 훼방 놓지 말고 저리 가."

사람들에게 참새처럼 쫓김을 당하면서도 뭐가 그리 좋은지 실실 웃으며 도망쳤다가 다시 엉거주춤 다가왔다. 저만치 풀 뜯고 놀며 돌아다니다가도 새참이나 밥때가 되면 귀신같이 알고 달려와 자기 숟가락을 차지하곤 했다. 175 센티미터가 넘는 키에 이목구비도 큼직하고 또렷하다. 입만 열지 않고 가만히 있으면 모모 말마따나 핸섬 보이였다.

모모가 가는 곳이면 어디든 껌딱지처럼 붙어 다녔다. 누가 놀리거나 말거나 헤헤 웃기만 했다.

"놀리면 못 써. 그렇게 놀리는 사람이 더 바보인걸. 광수도 혼자 있을 때는 놀림 받은 거 생각하며 슬퍼해."

모모는 놀리는 아이들을 나무라곤 했다.

"돼지 잡아라. 돼지."

아랫집에서 돼지가 탈출했다. 인숙 언니가 고함을 지르며 돼지 따라 뛰었다.

돼지는 돌담을 허물고 나와서 바로 옆 우엇팟(텃밭)을 마구 어지럽히고 있었다. 돼지를 제일 먼저 발견한 건 광수 오빠였다. 스프링처럼 뛰어서 돼지한테 갔다. 긴 다리를 허우적거리며 무와 배추를 차며 뛰었다.

"워이 워이~"

돼지를 돼지우리 쪽으로 몰아야 하는데 목표 없이 천방지축 뛰어다니며 배추를, 무를 망가뜨리고 있었다. 오빠 딴에는 열심히 돼지를 몰고 있는 건데 마음 따로 몸 따로였다. 광수 오빠도 한 마리 돼지였다.

"광수, 너 죽을래?"

인숙이 언니는 나이도 한참 많은 광수 오빠한테 악을 썼다. 돼지가 날뛰게 그대로 두면 올해 김장배추와 무는 얻을 수가 없을 터였다.

저녁이면 술에 취해 집에 들어온 언니네 아버지는 언니를 가만두지 않을 것이다. 돼지 밥을 제때 주지 않아서 배고픈 돼지가 나가서 밭을 망가뜨리게 놔뒀다고 할 게 뻔하다. 술에 취해 지르는 고함은 저녁마다 담을 넘어 우리 집을 흔들었다. 술 마시면 인숙이 엄마든 아이들이든 다짜고짜 때렸다. 아버지가 술을 먹고 들어오는 것 같으면 인숙이 언니네 엄마도 구들에 불을 때는 굴묵(방구들에 불을 때려고 말린 소똥 말똥 등을 모아두기도 함)에 가서 숨었다. 아버지가 잠들면 그제야 굴묵에서 나와 저녁을 짓고 아버지가 깰까봐 조용히 밥을 먹었다.

"내가 돼지 밥 안 준 거 알면 우리 아부지 가만 안 둘 거야. 돼지가 배고파서 담까지 허물고 도망갔어. 어떡해. 어어엉."

인숙 언니는 돼지가 배가 고파서 돌담 우리를 부수고 나왔다고 생각했지만, 우리 아버지 말에 따르면 돼지가 짝짓기 철에는 저렇게 사나워진다고 했다. 인숙이 언니는 누가 보거나 말거나 울음을 참지 못하고 소리 내어 울었다. 돼지 대신 광수 오빠를 잡아 패줄 듯 주먹은 펴지지 않았다.

"이쪽으로 몰아야지! 이 바보야!"

정작 언니는 치받을까 봐 무서워서 돼지 가까이 가지도 못하면서 광수 오빠에게 똑바로 하라고 지시를 내렸다.

"아부지 오면 빗자루가 남아나지 않을 거야."

일곱 살 인순이는 마당 쓰는 빗자루부터 숨겼다. 바들바들 떨고 있는 게 보였다. 엄마는 바다에 물질 가서 아직 오지 않았다. 아버지가 오기 전에 엄마가 오면 좋을 텐데. 그러면 돼지를 우리 안에 가두는 건 식은 죽 먹기다. 돼지는 신기하게 엄마 말은 잘 들었다. 매일 밥 주는 사람이라서 그런지 들어가라면 우리로 순순히 들어갔다.

둘째 오빠가 허들을 넘듯 재빠르게 담을 넘었다. 인숙 언니네 우영팟으로 날아간 둘째 오빠가 돼지를 몰았다.

"워~워~ 들어가 이놈아! 형, 뭐해요? 그쪽에서도 몰아요."

모모는 엉덩이를 베어먹으려는 그런 돼지가 달려들면 어떡하나 걱정이 되는지 우물쭈물했다.

"어, 아, 알았어."

대답은 하지만 마네킹처럼 팔을 벌려 워 소리도 못 내고 엉거주춤 서 있기만 했다. 얼굴은 하얗게 질렸다. 등대초소엔 변소에서 돼지를 키우지 않았다.

"형, 거기 몽둥이 들어요."

둘째 오빠가 모모에게 바닥에 놓인 각목을 쓰라고 했다.

"어! 그래. 쉬이이식!"

모모는 팔을 넓게 벌렸다. 몽둥이를 드니 그나마 힘이 생긴 듯했다. 달려오는 돼지를 향해 막대기를 휘두르며 모는 소리를 냈다. 둘째 오빠는 모모 반대편에서 몰았다. 코너에 몰린 돼지는 우리로 들어갈 수밖에 없었다.

"잘했어. 형!"

마침내 모모가 길목을 지켜준 덕분에 언니네 돼지는 우리로 돌아갔다.

"휴!"

인숙이 언니가 한숨을 쉬며 주저앉을 줄 알았는데 모모가 뒤로 엉덩방아를 찧으며 주저앉았다.

"이 담장은 어떡하지?"

인숙이 언니는 물에 빠진 사람 구해주자 보따리 내라는 사람처럼 모모를 향해 말했다. 이 돌담을 원래대로 쌓을 수 있는 어른은 모모밖에 없었다.

"할 수는 있는데 돼지가 덤비면…?"

모모는 돌담을 쌓는 게 걱정이 아니라 돼지가 가까이 오는 게 두려웠다.

"걱정 마요. 돼지는 우리가 책임질게."

인숙이 언니와 인순이는 숨겨두었던 길고, 짧은 싸리 빗자루들을 내왔다. 돼지가 울타리 가까이 오면 인숙 언니랑 나, 인순이가 번갈아 빗자루를 휘둘렀다.

"훠이, 저리 가. 저리 가라고."

인숙 언니의 팔 힘이 빠지면 나와 인순이가 빗자루로 돼지가 가까이 오지 못하도록 쫓았다. 모모는 돼지가 가까이 올까 봐 움찔, 몸을 사리면서 허물어진 돌담을 들어 올렸다.

"이놈의 돼지야! 오지 마!"

자기 키보다 몇 배나 큰 돼지를 혼내는 인순이 모습에 우리는 배꼽을 잡고 웃었다.

돼지우리의 돌담은 꽤 크고 무거웠다. 돼지가 크르릉대며 다가오면 모모는 멈칫 놀라 힘이 빠져서 끙끙댔다. 둘째 오빠와 맞들면서 담을 도로 쌓아 올렸다. 돌담을 쌓는 건 둘 다 처음이라 담장이 삐뚤빼뚤했다. 아슬아슬 엉성했지만, 그런대로 감쪽같았다. 광수 오빠는 자기 힘도 보탤 듯 서성였지만, 방해꾼에 지나지 않았다.

"아야!"

둘째 오빠가 손을 들고 깨끔 발을 뛰며 뱅글뱅글 돌았다. 손가락을 돌에 찧은 모양이다.

"많이 아파?"

인숙 언니가 달려와 오빠 손가락을 붙들고 '호' 불어주었다. 둘째 오빠 얼굴이 빨개졌다. 아픈 건 벌써 잊은 듯했다. 모모도 후훗, 웃었다. 돼지우리 냄새도, 변소 냄새도 똥물 거름 저장고 냄새도 익숙해진 지 오래였다.

"모모, 참 잘했어요!"

인순이가 손뼉 치며 춤을 추자 광수 오빠도 덩달아 손뼉을 치며 껑충껑충 뛰었다. 광수 오빠는 키 큰 인순이였다. 인순이와 수준이 똑같았다. 같은 행동을 해도 인순이는 귀여운데 광수 오빠는 모자라 보였다.

아이들은 광수 오빠네 올레(골목)에서 많이 놀았다. 광수 오빠 집은 다른 집보다 올레가 넓다. 여름이면 시원한 그늘이 되고 겨울엔 바람을 막아주는 아늑한 곳인 올레에서 구슬치기도 하고 공기놀이도 하고 고무줄놀이도 했다.

낮에 노는 것도 좋지만 아이들은 밤에 모여서 놀 수 있는 제삿날을 기다렸다.

아이들은 누구 집에 제사가 있는지 다 꿰고 있었다. 제삿날에는 곤밥(흰 쌀밥)을 먹을 수 있으니 그날만을 손꼽아 기다렸다. 제사에 참석한 어른이나 아이에게는 밥과 국, 전과 떡이 한 접시씩 공평하게 주어졌다.

"오늘 우리 집 제사!"

제사가 있는 친구는 그날 생일을 맞은 것과 같았다. 그 친구에게 잘 보이려고 애썼다. 동네 어른들은 어느 달 어느 날에 누구 집에 누구 제사인지 훤히 꿰고 있었다. 그걸 메모 하나 없이 기억하고 있는 게 신기했다. 제삿집에 갈 때는 파랗거나 빨간 시장바구니에 쌀 한 대접과 소주 한 병을 들고 갔다. 올 때는 가져간 바구니에 제사 음식이 담긴다. 어르신이 있는 집, 술을 좋아하는 할아버지가 계신 곳에는 소주 한 병과 과일이든 뭐든 특별히 더 챙겨서 보낸다. 똑같아 보이는 바구니를 일일이 구분해내는 어머니들의 능력도 놀라웠다.

제사를 지낸 다음 날은 제사에 못 온 집마다 제사 음식을 나눠준다. 일찍 일어나서 다 돌리고 학교에 가야 했다. 그건 우리 집에 유일한 딸인 내 몫의 일이었다.

"어젯밤 제사 지냈구나."

고마워하면서, 쑥스러워하면서 제사 지낸 음식을 받았다. 제사 못 온 것은 촌수로 덜 가깝다고 느껴서 안 올 걸 수도 있고 소주와 쌀을 가져갈 형편이 못 돼서 못 온 것일 수도 있다.

6월의 어느 날. 보름달도 휘영청 밝은 그날, 바로 광수 오빠네 집에 할아버지 제사가 있었다. 아이들이 우르르, 광수 오빠네 집에서 놀았다. 젖 먹는 어린애들을 빼고는 제사 지내는 11시를 못 기다려서 잠드는 애들은 없다. 학교 가서 졸더라도 노는 건 밤새 할 수 있었다. 광수 오빠도 신이 났다. 그날만큼은 아이들이 광수 오빠를 놀리지도 않았다. 주인공이 된 광수는 벌어진 입을 다물지 못했다. 아이들은 광수 오빠 집 올레와 마당에 꽉 들어찼다. 여자애들은 달밤에 고무줄놀이하느라 들떴고 남자아이들은 처마에 숨은 참새를 새총으로 잡으러 다녔다. 그러다 제사 지내야 하는 11시쯤이면 의젓하게 순번을 기다려 돌아가신 분께 절을 했다. 절을 하는 것은 밥을 얻어먹을 자격을 얻는 것과 같았다. 쌀이 드문드문 섞인 보리밥만 먹다가 밥 한 공기 가득 흰쌀밥을 먹는 날이니 오죽할까.

　11시가 되려면 조금 더 기다려야 한다. 누가 먼저랄 것도 없이 여자애 남자애 다 뭉쳐서 숨바꼭질하기로 했다. 보름이라 낮처럼 달빛이 밝았다. 숨바꼭질할 때 가장 좋은 장소는 헛간이나 변소, 굴묵이었다. 외양간에는 소똥 냄새가, 변소엔 사람 똥오줌 냄새가, 굴묵엔 퀴퀴한 소똥 땔감 냄새가 배었지만 숨기엔 그만한 곳이 없다. 아이들은 술래의 숫자 세는 소리를 들으며 살금살금, 잽싸게 숨으러 갔다.

　"이제 찾는다!"

술래가 외치며 찾으러 나선다. 아이들은 술래에게 들킬세라 더욱 숨을 죽이고 숨는다. 술래에게 안 들키기를 바라면서 한편으론 들키기를 바랐다. 술래도 어엿한 주인공이니까.

"어? 여기요! 빨리요!"

헛간에 숨어있을 때였다.

"애가 빠졌어요!"

숨어있던 아이들이 숨바꼭질하다 말고 튀어나왔다. 오물통 가까이 갔지만 냄새나는 줄도 몰랐다.

"어! 어!"

광수 오빠가 보자마자 똥통에 풍덩, 두 발을 넣더니 아이를 꺼내 들었다. 인순이였다. 변소로 숨으러 가다가 거름 저장고 덮개인 널빤지를 밟았다. 널빤지가 힘없이 부러지며 인순이가 빠진 것이다.

광수 오빠 어머니가 미사일처럼 날아와 인순이를 안고 씻는 곳으로 데려갔다. 어찌나 빠른지 눈 깜짝할 새였다. 날이 춥지 않아서 다행이었다. 인순이는 발가벗겨져서 물을 바가지째로 쉴 새 없이 뒤집어썼다. 비눗물에 씻기는 동안 인순이 어머니도 뛰어왔다.

"광수, 너도 얼른 가서 씻어."

워낙 키가 큰 광수 오빠는 똥통에 들어가도 허벅지까지밖에 닿지 않았다.

"헤헤."

반바지 밑단에서 똥물이 줄줄 흐르는데도 광수 오빠는 웃었다.

광수 오빠는 며칠, 다리에 부스럼이 나서 가려워했지만 멀쩡했다. 더 바보가 되었다 해도 티가 안 나서 그런지도 모른다. 모모는 이런 광수 오빠에게 틈날 때마다 책을 읽어주었다. 그러면 광수 오빠는 모모 옆에 순한 양처럼 앉거나 누워서 들었다.

"광수 아니었으면 우리 인순이는 죽을 뻔했다. 고맙다. 광수야!"

술고래 인숙이 아버지가 광수에게 오일장에서 사 온 반바지를 내밀며 인사했다. 그날부터 인숙이 언니와 인순이는 광수 오빠라고 불렀다. 광수 오빠는 똥물에서 인순이를 구한 영웅이었다. 오빠 자격이 충분했다.

모모가 떠난 후 광수 오빠는 모모를 찾아 날마다 등대초소에 갔다. 그러나 헛일이었다. 우리는 병든 닭처럼 시무룩한 광수 오빠를 보는 날이 잦았다. 모모를 잃은 슬픔은 우리와 같았다.

⑫
모모가 나타났다

가끔 내 기억 속에서 모모가 걸어 나오곤 했지만, 일상 속에서 잊히는 날이 많았다.

중학교를 졸업하고 고등학교에 입학하며 우도를 떠나왔다. 작은 섬과 큰 섬의 괴리는 컸다. 토요일 수업이 끝나야 집으로 갈 수 있었다. 집에 전화하려면 시내 전화국에 가서 긴 줄을 서야 했다. 향수병으로 꼬박 두 달을 고생했다. 담임선생님은 토요일은 금방 돌아온다고 나를 달랬다.

여고생이 눈물을 질질 짜던 일상은 중간고사에 묻혔다. 첫 시험이 끝났다. 시험이 향수병을 물리쳤다. 친구 영선이를 만난 것도 많은 위안이 되었다. 시험 끝난 기념으로 놀자고 했더니 영선이는 엄마 따라서 잡곡 팔러 오일장에 가야 한다고 했다. 엄마가 오일장에서 잡곡을 판 지 십 년도 더 된다고 했다. 장 구경도 나쁘지 않은 놀 거리다. 나도 따라간다고 했다.

"오일장 왔으면 떡볶이지!"

영선이가 장날의 정석을 설파하며 떡볶이 가게로 데리고 갔다. 우도에는 오일장 같은 장은 없다. 자급자족의 영토가 우도였다. 시장은 활기가 넘치는 생생한 삶의 현장이었다.

사방 백 미터 전부터 떡볶이 냄새가 코를 점령하고 뱃속에 전파를 보냈다, 꼬르륵 소리가 절로 일었다. 떡볶이 가게로 갔다. 어묵 국물 몇 그릇을 먹었는지 모른다. 오일장 떡볶이는 국물이 국처럼 질퍽한 게 특색이란다. 핫도그 하나씩을 떡볶이 국물에 말아 먹었다. 핫도그를 말아 먹는 떡볶이는 중독성이 강하다. 시험이 끝나면 꼭 생각나는 음식이다. 배를 불린 우리는 장 구경을 한다고 어슬렁거렸다.

운동화를 파는 가게 앞을 지날 때 나는 자동으로 멈춰졌다.

"우와 예쁘다!"

내가 운동화 한 짝을 손 위에 올리고 찬사를 보냈다.

"너도 보는 눈이 나랑 같구나. 11살 때 새 운동화가 얼마나 갖고 싶었는지 알아? 운동화 사달라고 아무리 졸라도 사주지도 않고, 내가 도넛 하나만 사 달라고 해도 우리 엄마는 절대 사주지 않는 거야. 하루는 막 울면서 떼를 썼지. 운동화 사달라고! 그랬더니 우리 엄마가 뭐라 했는지 알아?"

"뭐랬는데?"

"글쎄, 나더러 콩 자루를 지고 장에 따라오래. 그러면 사준다고. 어린 애가 콩 자루를 지고 가는데, 친구들 만날까 봐 걱정이

이만저만 아니었지. 얼마나 운동화가 갖고 싶었던지 콩 자루를 지고 누가 볼세라 달리기 선수처럼 뛰어갔다니까. 우리 엄마는 진짜 십 원도 그냥 안 줘. 그 얘기를 중학교 때 친구에게 했더니 뭐라는 줄 알아? 자기는 장날에 돈을 벌었대."

"애가 뭐해서 돈을 벌어?"

장날 같은 건 없던 우도에서 지낸 내가 알 도리가 없었다.

"나도 궁금해서 물었더니 장이 다 끝나면 장을 한 바퀴 돈대. 특히 옷가게가 섰던 곳. 그러면 동전들이 꽤 여러 개 떨어져 있대. 그걸 줍는 거지. 그걸 주워서 가게에서 아이스께끼도 사고 눈 깔사탕도 사 먹었대. 자기 같으면 쪽팔리게 그런 심부름은 안 했을 거래. 그렇게 장날마다 가서 한 달쯤 모으면 운동화는 살 수 있었을 거래. 난 바보같이 그걸 몰라서 콩 자루를 져 날랐어. 그나저나 걔 너무 똑똑하지 않냐?"

영선이는 콩 자루 진 게 지금 생각해도 억울한 것 같았고 돈 모으는 비법을 너무 늦게 안 것을 안타까워했다.

"그럼 우리 오늘 저녁에 한 바퀴 돌아볼까?"

오일장 가까이에서 살면서 그렇게 돈을 벌었다니 솔깃한 이야기가 아닐 수 없다.

"아이고, 그때가 언젠데. 지금은 돈 주우면 경찰서 가져다줘야 할걸. 아서라 아서."

새 운동화를 좋아하던 11살짜리 영선이는 어떤 모습이었을지 상상이 되지 않았다.

다음으로 우리가 멈춘 곳은 토끼장이다. 새끼토끼부터 어른 토끼들 할 것 없이 굴을 파고 호르륵호르륵 들락거렸다. 우도 야생 토끼처럼 굴을 많이도 파 놓았다. 굴속에서 나오지 않는 토끼도 있고 부지런하고 붙임성 있는 녀석 몇은 우리에게 재롱을 보이듯 풀을 쩝쩝거리며 먹었다.

그때였다. 방송이 흘러나왔다.

"에헴, 저 영양탕이 한 말씀 올리겠습니다. 여러분 중에 토종닭을 기르시면 귀를 쫑긋 두 배로 키우고 들어주시오. 장에 싸움닭이 왔어요. 그러니 자기 수탉이 힘이 세다 생각되시거든 장터 국밥집 옆의 공터로 오시오들. 망설이지 말고 용기를 내보시오."

장에 자주 오는 영선이는 바로 알아봤다. 영양탕집 털보 아저씨 목소리였다.

"닭싸움?"

"닭싸움한다고?"

지금이 어느 땐데 닭싸움이야? 하는 표정이었지만 호기심이 생겼는지 사람들은 하나둘 공터로 발걸음을 재촉했다. 할 일 없는 우리도 토끼장을 벗어나 사람들을 따라갔다.

"이게 싸움닭이라고? 힘은 세 뵈네."

처음엔 사람들이 수탉 구경만 하고 갔다.

오후가 되자 수탉들이 하나둘 주인 손에 들려서 왔다. 큰 기대를 한 것 같지는 않았다. 그저 심심풀이 삼아 오는 듯했다.

"자, 내 말 잘 들어라. 풍선아, 너는 대단한 수탉이야. 알지? 그러니 겁먹지 말고 이 발톱으로 한방에 때려눕혀 버려."

모자를 푹 눌러쓴 남자가 수탉의 며느리발톱을 쓰다듬으며 말했다. 영양탕집 털보 아저씨는 남자를 김박이라고 불렀고 남자는 수탉을 풍선이라고 불렀다.

밤색 옷을 입고 온, 박 씨 아저씨가 자기 수탉의 목덜미 깃을 한번 세워 보이며 먹빛으로 빛나는 꽁지깃을 가진 수탉을 땅에 내려놓자 홰를 치며 깃을 한껏 세웠다.

풍선은 싸우기 싫은지 붙박인 듯 서 있자 먹빛 꽁지 털 수탉이 깃이란 깃을 죄 펼쳐 스파이더맨처럼 날아올랐다. 풍선이 얼른 피한다고 피했지만, 순식간에 달려든 먹빛 꽁지 털 닭의 발톱에 맞았고 볏은 찢겨서 너덜거렸다.

"에이, 별거 없구먼. 박 씨네 닭이 이겼네."

박 씨네 닭이 수세에 몰릴 걸 예상했던 사람들은 싱거운 싸움이라고 자리를 뜨려 했다.

"뭐 해? 넌 그냥 수탉이 아니야. 이길 수 있다고!"

김박은 풍선에게 주먹을 들어 보이며 말했다.

"힘내!"

"싸우라고!"

빙 둘러친 사람들과 아이들이 '풍선'을 응원했다. 우리도 가세

했다.

"한 번만. 이번 한 번만이야."

김박이 풍선에게 애원했다.

풍선이 망설이는 사이 박 씨네 닭이 날갯죽지를 펴며 날아오르더니 풍선의 볏을 할퀴고 땅에 내려앉았다. 풍선은 균형을 잃고 고꾸라졌다. 풍선을 보던 사람들 얼굴이 저절로 찌푸려졌다. 영 못 일어나는가 싶더니 풍선이 순간 날갯죽지를 펴자 기다란 깃털들이 꼿꼿이 섰다. 배트맨의 날개처럼 펴졌다. 날아오른 만큼 힘이 붙었다. 한 방, 딱 한 방에 박 씨네 닭이 숨을 거뒀다. 목에서 붉은 피가 뚝뚝 흘러 바닥을 적셨다.

"성깔 한번 대단하네. 보통이 아니야."

사람들이 함성을 지르고 손뼉을 쳤지만, 영선이와 나는 소름이 끼쳐서 바로 볼 수 없었다. 닭들이 너무 가여웠다. 아무렇지도 않게 구경하는 어른들을 이해할 수가 없었다.

김박은 풍선을 안고 부리에, 뺨에 쪽쪽 뽀뽀했다.

박 씨라는 사내는 피투성이 닭을 안고 사라졌다. 영양탕 가게를 하는 털보 아저씨가 박 씨에게 받은 돈과 사람들이 내기로 건 돈을 김박에게 주었다. 닭에게 미리 외상으로 먹였던 미꾸라지 값은 제하고.

김박이 풍선에게 말한 '한 번'만은 한 번이 아니었다. 사람들이 닭을 안고 오자 마다하지 않았다.

검은 뿔테 안경 속 얼굴이 어딘지 모르게 낯익었다.

어이쿠! 한순간 풍선은 날렵하게 날갯죽지를 두어 번 푸드덕거리며 담장 위로 올랐다. 사람들이 놀라 휘둥그레진 눈으로 풍선을 좇았다. 풍선은 꼬끼오 길게 울었다. 싸우고 싶지 않다는 것 같았다. 풍선이 빠르게 날며 뛰었다. 오일장 공터를 지나 길을 건너서 최대한 잡히지 않을 곳으로. 김박이 헉헉거리며 좇았다. 그 바람에 모자가 벗겨졌다.

"어?"

나는 집게손가락으로 김박을 가리키며 놀라, 말을 잇지 못했다.

"왜 그래? 아는 사람이야?"

영선이가 김박을 눈으로 좇으며 물었다.

"모모 같아."

나는 놀라 중얼거렸다.

"네가 전에 말한 모모? 그럼 왜 이렇게 가만 서 있어? 쫓아가야지!"

언제든 뒤쫓을 준비가 됐다며 영선이는 운동화 끈을 바짝 묶었다. 수탉을 따라 모모로 보이는 김박이 뛰어갔다. 우리가 따라잡을 수 있을 것 같지가 않았다. 삽시간에 멀어졌다. 닭 쫓던 개 지붕 쳐다보듯 구경꾼들도 눈으로 수탉을 좇다가 뿔뿔이 흩어졌다.

"저 닭 주인아저씨 이름이 뭐예요?"

영선이가 나 대신 물어주었다.

"글쎄, 김박이라고만 하던데. 박산가 봐!"

영양탕 아저씨는 손가락에 퉤 침을 뱉어 지폐를 세어나가며 시큰둥하게 말했다.

"왜? 아는 사람이여? 어젯밤에 오일장에서 잔 것 같더라고. 이 동네 사람은 아닌 것 같고 외국물을 먹은 것 같던데."

토끼 장수 아저씨가 끼어들어 덧붙였다.

"외국물? 어디 물? 미국물?"

영양탕 아저씨가 돈을 바지 주머니 깊숙이 넣으며 웃었다. 모모와 닭 싸움꾼. 나는 전혀 어울릴 것 같지 않은 이 조합이 혼란스러웠다.

"필리핀이라던가? 뭐 심판이었다나 뭐라나."

토끼장 아저씨는 토끼들 먹을 풀을 키 맞춰 자르며 말했다.

"너희들이 뭐가 궁금해서 그러냐? 닭싸움이나 시키고 다니는 사람인데."

아저씨 손놀림은 토끼풀을 고르느라 재빨랐다.

"얘가 사람을 찾고 있었는데요. 너무 닮았대요."

"친아빠 찾는 거야?"

아저씨가 일손을 멈추고 아빠 잃은 아이를 보듯이 올려다보았다.

"그게 아니고요. 우리 선생님이었어요."

"그래? 박사라고 하니 선생일 수는 있겠네."

토끼장 아저씨는 토끼풀 위에 엉덩이를 내리며 담배를 꺼내 물었다.

"그 사람도 참 기구하더구먼. 나그네처럼 떠도는 양반인 듯싶어, 뭔가에 쫓기는 것도 같고. 하도 안 돼 보여서 내가 국밥에 술 한잔을 사줬어. 사람이 얼굴에 핏기가 하나도 없는 게 며칠은 굶은 것 같더라니. 장서려면 두어 시간이 남기도 해서 같이 소주 한잔했지. 사람 사는 게 다 그렇잖아."

영양탕 아저씨가 어느새 옆에 와서 듣고 있었다. 닭싸움 구경을 하던 몇 사람도 자리를 뜨지 않고 있었다. 나는 토끼 장수 아저씨가 김 박사라는 사람에 대해 많이 알고 있기를 바랐다. 이야기를 두 배속으로 듣고 싶었다.

청중들이 눈을 반짝이면서 재촉해서인지 이야기를 들려주는 아저씨는 이야기에 맛 들인 표정이었다.

"으음, 필리핀의 따봉인가 싸봉인가 뭔가 거기 있었다네."

0.75배속 느린 재생으로 이야기를 하던 아저씨가 벌떡 일어섰다. 닭을 놓친 김박이 털레털레 돌아왔다.

"어? 놓쳤어? 그런 닭을 놓치다니 자네, 참 운이 없군."

모자를 벗자 땀에 전 머리가 찹쌀떡처럼 붙어 있었다.

토끼장 아저씨가 목욕탕 방석과 같은 초록 의자를 내줬다. 의자에 엉덩이를 부리자마자 나는 김박 얼굴에 난 주름 하나까지 샅샅이 살폈다. 성형하지 않은 이상 10년 만에 확 바뀌지는 않을

터였다.

"모모 맞아?"

영선이가 나를 팔로 치며 물었다. 나는 고개를 저었다. 날렵한 코와 검은 안경을 쓴 눈매가 닮아 보이긴 하지만 모모는 아니었다.

"거, 잊어버리슈. 처음부터 그쪽 닭도 아니라면서."

토끼장 아저씨는 심드렁하게 들리기를 바라며 말을 잇고 있었다.

"자, 자 그렇게 풀 죽지 말고 그 닭을 어디서 만났는가? 그것부터 얘기해봐요. 여기 사람들 다 그걸 듣고 싶어 하네. 아무렴, 산 입에 거미줄이야 치겠는가. 여기 오일장에서 자네 할 일이 없겠나. 설마."

김박은 제주도 사람이 아니었다. 갈 데가 없어서 배를 타고 제주도로 온 것이라고 했다. 아무도 모르는 곳으로. 숨어있기 딱 좋은 곳이 섬일 것 같아 택했다고 했다. 솔직했다. 해가 뜨거워지는 오일장에 몇몇이 둘러앉아 김박의 이야기를 들었다 토끼들은 해가 나자 저마다의 굴속으로 숨어들었다. 우리는 제주도를 벗어나본 적도 없는데 필리핀이라니. 영선이 어머니가 갖고 온 잡곡을 다 팔기 전에 김박이 이끄는 필리핀 여행이 끝나기를 바랐다. 김박은 농장 근처에서 우연히 주운 닭으로 내기 돈을 따려던 거였다.

내가 모모를 만났다는 기대도 바람 빠진 풍선처럼 쪼그러들고 말았다.

오일장의 하루가 부질없이 지나갔다. 김박은 앞으로 어떻게 살아갈지 걱정은 내 알 바 아니었다. 김박이 모모가 아니어서 다행이라는 생각과 모모였으면 얼마나 좋았을까 하는 아쉬움이 번갈아 나를 어지럽혔다. 모모였으면 나는 어떤 말을 했을까? 수없이 준비해왔다고 생각했는데 어디부터, 어떻게, 무슨 말을 해야 할지 아득했다.

현아에게 모모 닮은 사람 목격담을 전했더니 한숨을 쉬었다.

그 다음 주 토요일 집에 갔을 때 아버지에게 모모랑 육촌이었던 경비대장과 오촌이었던 송 교장에게 연락할 방법은 없냐고 물었다.

"내가 알 턱이 있나? 그 사람들이 섬을 떠난 지가 언젠데? 그리고 친척이라는 것도 사실이 아니라고도 하고. 혹시 모르지. 김삿갓 그 영감님이 살아있다면 알아낼 수도 있었겠다마는."

김삿갓 할아버지가 돌아가신 게 내내 안타까웠다.

⓭
모모는 바보 소장님

나는 대학생이 되었다. 섬을 벗어나 너른 도시에 온 내게 제일 신기했던 것은 사람들 물결이었다. 사람 구경에 하루해가 저물 것 같았다. 서면, 부산대 앞, 남포동. 거리 거리마다 사람들로 넘쳤다. 이 사람들은 다 어디서 살까? 아나나 다를까? 평지보다는 달동네 같은 경사가 급한 곳곳에 다닥다닥 붙어살았다.

엄마 곁을 지켜야 한다며 현아는 제주에 남았다. 현아랑 한 달에 한 번씩 학교 신문을 보내고 편지를 주고받았다. 하루는 수업 중에 삐삐에 8282 숫자가 찍혀있었다. 급하게 연락하라는 뜻이다.

"무슨 일 있어?"

"왜 이렇게 늦게 전화해? 네 전화 기다린다고 나는 아직 학교도 못 갔구먼. 너, 놀라지 마! 모모 찾았어!"

나는 전화하려고 긴 줄을 서 있는 사람들을 아랑곳하지 않고 공중전화 부스에서 소리를 질렀다.

"진짜? 어떻게 찾았어? 어딨는데? 닮은 사람은 아니고? 세상에 비슷한 사람이 얼마나 많은데, 얼마 전에 학교 앞에서 나를 친구로 착각하고 나한테 인사한 사람도 있는걸. 몇 년 전에는 오일장에서 모모랑 똑같이 생긴 사람도 봤는데 아니었잖아."

너무 기대하지 말자고 나 자신을 다독이느라 되물었다.

"수홍이 오빠가 경이 언니한테 전화했더래. 오빠가 부산 부두에서 직접 봤대. 이름을 말하니까 수홍이 오빠를 알아보더래. 연락처를 안 가르쳐주려고 해서 오빠가 막 졸랐더니 주소를 주더래. 나이는 먹었어도 예전 모습 그대로더래. 우리는 많이 변했는데 모모가 알아볼까? 수홍이 오빠가 배 출발할 시간이 돼서 이것저것 더 물어보지 못했대. 네가 찾고 있다고, 너도 부산 있으니까너를 보내겠다고 하고 헤어졌대."

현아도 나처럼 들떠있었다.

"저기요! 기다리는 사람 안 보여요?"

공중전화에서 내가 너무 오래 통화를 했나 보다, 뒤에 선 사람들이 재촉했다.

"죄송합니다."

나는 얼른 끊어야 했다.

"주소나 불러. 사람들 기다려."

나는 볼펜과 수첩을 꺼냈다.

"잘 받아 적어."

현아가 또박또박 부른답시고 천천히 불렀다.

"알았어. 만나고 와서 알려줄게."

현아가 불러준 곳은 전포동의 어느 세탁소였다.

'정말 모모일까?'

믿어지지 않았다.

'어쩌다 부산까지 와서 살까? 나처럼 대학을 부산에서 다녔었나? 요즘은 무슨 책을 읽고 있을까? 여전히 안경을 썼을까?'

궁금증이 폭포처럼 쏟아졌다.

모임이나 수업이 없는 토요일이 되어서 나는 주소가 적힌 대로 찾아갔다. 전철에서 내려 한참이나 가야 했다. 물어물어 마을버스를 탔다. 마을버스 기사 아저씨께 주소를 물었더니 모른다고 했다. 마을버스로도 20분 넘게 갔다.

마침 파출소가 있었다. 주소를 내밀었더니 친절하게 그림을 그려준다. 가파른 고갯길이었다. 고갯길을 오르는데 땀으로 셔츠가 쩍쩍 달라붙었다.

과연 파출소 순경의 설명대로 세탁소가 나왔다. 간판도 우스웠다. 바보세탁소! 나는 심호흡을 크게 했다. 덥기도 했거니와 긴장이 더해져 손으로 땀이 모였다. 문을 열자 문에 달린 종이 뎅그렁 뎅뎅 소리를 냈다.

"저기요. 실례합니다."

아줌마가 김이 푹푹 솟는 다리미로 다림질을 하고 있었다.

"어서 오세요."

다리미를 다리미 대에 올려놓으며 말했다

"혹시 여기 모모라는 분 안 계세요? 여기 산다고 들었는데요."

"모모? 이름이 뭐 그래? 주소는 여기 맞는데."

나는 애가 탔다.

"혹시 송 사장인가? 어찌 생긴 사람이우?"

나는 대충 모모에 대해 설명했다.

"송 사장이라면 이틀 전에 우리한테 세탁소 넘기고 갔지."

아줌마 남편으로 보이는 아저씨가 가게에 달린 방에서 나오며 말했다.

"네?"

나는 다리에 힘이 풀려서 의자에 털썩 주저앉았다. 토요일까지 기다리는 게 아니었다. 현아에게 듣자마자 그 월요일, 그날에 당장 찾아왔어야 했다. 후회는 항상 늦고 부질없다.

"송 사장이 참 성실하고 착한데 사람들이 그걸 모르고. 과거가 뭐 어떻다고. 워낙 이 동네가 오래된 동네라 말이 무성해서 못 견딘 게지. 그 착한 사람이 무슨 죄를 저질렀을까 싶은데. 말을 통 안 하니 알 수가 있나. 이번에 마음에 상처가 컸을 텐데…."

"죄를 지었어요?"

내가 아는 모모는 그런 사람이 아니었다. 모모가 맞을까 확신이 서지 않았다.

세탁소 아주머니는 정수기에서 컵에 물을 받아 내 앞에 놓아주고 하던 다림질을 계속했다. 나는 물 마실 기분이 아니었다. 하지만 모모에 대해 좀 더 들을 수 있을까 하고 물이라도 마시며 시간을 끌어야 했다.

"뭔가 오해가 있을 테지. 송 사장은 그럴 사람이 아니거든. 우리가 급하게 세탁소 인수하기도 했지만, 간판을 안 바꿨어. 송 사장이 꼭 돌아올 것만 같아서."

여기서 진도가 더 나가지 않았다. 어디로 갔는지 연락처도 아무것도 남기지 않았단다. 나는 아주머니에게 혹시나 모모가 연락 오거나 찾아오면 꼭 내 번호를 알려주라고 자취방 전화번호를 남기고 왔다.

"우리도 궁금하니 혹시 송 사장 찾으면 꼭 알려주오."

소식은 없었다. 그 후 한 번 더 세탁소를 찾았지만, 아주머니와 아저씨만 일할 뿐 모모는 그림자도 볼 수 없었다.

죄를 지었다니, 믿기지 않았다. 우도에는 어쩌다 오게 되었을까. 모든 것은 모모를 만나야만 알 일이다.

"모모가 무슨 범죄를? 말이 돼? 착해빠져서 억울한 누명을 썼겠지."

예나 지금이나 모모는 범죄를 저지르지 않았을 거라 확신한다. 우리는 안다. 그렇게 따뜻한 사람은 흔치 않다는 걸. 현아도 경이 언니도 나도, 우도 친구들도 다 모모를 믿는다.

경이 언니랑 현아는 내게 해도 소용없는 타박을 되풀이했다. 뭐 한다고 토요일까지 기다렸다 가냐고? 그날 당장 갔어야지. 당장! 전화기에 침이 튀도록 고함을 질렀다.

"내가 그럴 줄 알았냐고? 수업 없는 날 가서 느긋하게 얘기하려고 했지. 그렇게 사라질 줄 알았냐고?"

나도 화를 냈다. 눈물이 났다. 후회가 몰려왔다. 당장 갈걸. 내가 왜 그랬을까. 모모가 당한 억울한 일이면 위로가 되어 줄 수 있었는데, 이제는 우리가 받은 위로를 돌려줄 만큼 자랐는데….

모모는 우리에게 여전히 사라지는 사람이었다.

아주머니가 들려준 모모 이야기는 내게서 떠나지 않았다. 글을 쓰고 싶었다. 모모 이야기를. 모모가 데리고 있었다는 아이, 그 아이가 내게 힌트가 되었다. 동화를 쓰기로 했다. 모모라면 아이에게 날마다 동화책을 읽어줄 것이다. 내 동화를 읽고 내가 세탁소에도 가고 놀이터에도 가고 모모의 전화를 기다린다는 걸 전해야 한다. 그렇게 상상력을 가미해서 쓴 동화가 〈바보 소장님〉이다. 내가 쓴 첫 동화. 모모가 몇 년간 땀 흘리며 가꿨을 공간. 떠나기 싫지만 떠나야 했던 곳. 그곳에 살던 바보 같은 사람 모모. 나는 이 동화 한 편을 쓰는 데 서너 달이 걸렸다.

믿을 수 없는 일이 일어났다. 크리스마스를 이틀 앞둔 날이었다.

모모가 읽기를 바라는 마음으로 쓴 내 첫 동화가 운 좋게도 신춘문예에 당선이 되었다. 1월 1일 자 신문 한 면 가득 내가 쓴 동화 당선작이 차지하고 있었다.

바보 소장님/ 김 단오

황산 마을은 커다란 산자락에 있는 산동네입니다.

어느 때부터인가 동네에 웅장한 포크레인 소리가 끊이지 않더니 고층 아파트들이 들어섰습니다.

"저 아파트라는 곳에 사는 사람들은 이상도 하다. 제 머리 위에 누가 걸어댕긴다고 생각하면 잠이 제대로 올랑가?"

할머니들이 걱정합니다. 하지만 그보다 심각한 것은 차가 다니는 길입니다. 차를 가진 사람들이 많아졌건만 좁은 도로는 여전합니다. 꼬불꼬불 고갯길은 차들이 몸을 날씬하게 해야만 지나갈 수 있을 듯합니다. 마을버스가 이 동산의 꼬부랑 고개를 오르내리며 몸을 지탱하느라 끼이익 소리를 지릅니다. 그러면 갓난아기의 아침 울음소리가 더 크게 고갯길에 퍼집니다.

그렇다고 아파트만 들어선 게 아닙니다. 기와지붕은 퍼렇다 못해 거무튀튀했는데 말끔해졌습니다. 썩은 나무토막처럼 보이던 대문짝도 흔적 없이 사라졌고요. 볼품없던 집들도 싹 허물어지고 새 단장을 시작했습니다.

쌍둥이처럼 서로 닮은 다세대주택들이 마주 서서 인사하는 양이 꼭 초등학교 입학식 날 같습니다.

비디오방이 생기고 밤늦게까지 훤히 불을 밝혀 놓은 슈퍼가 다섯 곳, 피자집, 빵집, 어서어서 들어오라고 쉴 새 없이 뽕뽕거리는 오락실…….

하루가 다르게 간판이 올라가고 개업했다고 떡을 나눠주고 인사하는 모습이 조용하던 산동네를 들뜨게 했습니다. 가게 홍보인쇄물도 신문의 원래 지면보다 두꺼웠지만, 사람들은 용하게도 너그러웠습니다. 제 모습을 갖춰가는 잠깐의 혼란은 당연시하는 것이 '인정'이라 생각했기 때문입니다.

아마 이런 어수선함이 거의 잠잠해진 겨울의 문턱이었을 겁니다.

샛별 비디오방 옆에 '바보세탁소'가 문을 열었습니다. 어린이집 간판으로 착각할 만큼 아기자기한 꽃무늬에 활짝 웃는 얼굴 하나가 있습니다. 보면 슬며시 웃음이 나는 즐거운 얼굴입니다.

"하하하 이름이 뭐 저래. 바보가 뭐야? 바보가."

간판이 올라가는 날 지나가던 사람들은 손가락을 까닥대며 깔깔거렸습니다. 영우도 우스워 죽겠다는 표정입니다.

"글쎄 말이야. 이름이 어째 좀 그렇네. 세탁이나 잘할까? 그냥 멀더라도 원래 다니던 세탁소 가지 뭐."

간판을 한 번 보고 세탁소 안을 기웃거리다 사람들은 슬그머니 그냥 돌아섭니다. 미덥잖은 게지요.

"주인이 바본가? 아니지, 자신이 바보인 줄 아는 사람은 이미 바보가 아니지."

"그건 그렇지."

저마다 한마디씩 하며 관심을 나타내지만, 선뜻 세탁물을 맡기는 사람은 없습니다.

이른 아침. 마을버스보다 먼저, 우유 아줌마보다 먼저 세탁소 문이 열립니다.

세탁소 앞부터 말끔하게 청소하는 아저씨가 새벽잠이 없는 동네 노인들에게 깍듯이 인사를 합니다. 그리고 그 옆에는 새집 지은 머리 그대로의 사내아이가 종알대며 웃고 서 있습니다.

꽃샘추위가 기승을 부리는 그날도 아주머니들은 반찬가게에 모여 수다를 떠느라 시간 가는 줄 모릅니다. 여기에 바보세탁소 얘기가 빠질 리가 없지요. 어찌나 소식통인지 소문을 솔솔 가져다준다고 솔솔네라고 별명이 붙은 장석이 어머니가 말문을 열었습니다.

"바보세탁소 소장님은 바보스러워 보이긴 해."

"솔솔네도 원, 소장님은 웬 소장님?"

"수룡이 엄마도 참. 왜 얘기를 자르고 그래? 유치원이나 병원을 대표하는 사람을 뭐라 부르나?"

"그야 원장님이지?"

"그러니까 세탁, 소! 소장님이지."

갑갑하다는 표정으로 정현이 어머니가 날름 대답합니다.

"그래그래. 이제 입 다물고 있을 테니 어서 계속해."

수룡이 어머니는 머쓱해져서 양손으로 재촉하며 치맛자락을 고쳐 앉습니다.

"바보 소장님이 웃는 거 봤지? 욕심이 하나도 없는 사람 같잖아. 그런데 소장님이 고아래. 그래서 어려서부터 안 해 본 일이 없다는 거야. 껌팔이부터 구두닦이, 산전수전 다 겪은 양반이라는 거야. 글쎄 돌이 할머니가 그러는데…….

솔솔네는 돌이 할머니에게서 들은 이야기보따리를 찬찬히 풀어놓습니다.

개구리도 살짝 고개를 드는 봄날에 16살 소년은 해님 보육원을 나왔습니다. 봄바람이 갓 자란 까까머리에 입김을 불어 축하해주었습니다. 소년은 이제 혼자 힘으로 기술원에 들어가 기술을 익혀 훌륭한 기능공이 되리라 다짐했습니다. 하루하루 열심히 기술을 익히며 지내던 어느 날 보육원 다닐 적 친구가 찾아왔습니다. 친구의 멋진 오토바이가 화근이었습니다. 운전도 서툰 소년에게 친구는 운전해보라는 것입니다. 술도 한 잔 마시고서 말입니다. 다짜고짜 내달렸고 소년은 그만 지나가는 노인을 치고 말았습니다. 그리고 몇 년을 감옥에서 지내고 나오니 발붙일 곳이 없었습니다. 결국 소년은 감옥에서 알게 된 사람에게 세탁 기술을 배우게 되었습니다.

"어머 끔찍해라. 그럼 전과범이네. 어쩌다 그런 사람이 우리 동네에 들어왔어. 어쩐지 오른쪽 이마에 칼자국 같은 흉터가 거뭇거뭇하더라니."

다들 소름이 끼친 얼굴을 하고서도 솔솔네 얘기에 귀 기울입니다.

"지금 그런 게 아니잖아. 버려진 아이도 맡아서 키우잖아. 그 있잖아, 한성이라고 초등학교 2학년인 애. 참 똘똘하게 생겼지. 자신도 부모 없이 자라서인지 그렇게 좋은 아버지일 수가 없다는 거야."

솔솔네는 돌이 할머니가 측은하고 대견해하며 말하던 낯빛을 떠올리며 얘기합니다.

"그래도 어쩐지 찜찜하다. 그런 전과범이랑 한동네에 산다는 건 좀 무서워."

"아니야. 전과범이라고 다 같은 전과범이 아니지. 돌이 할머니가 얼마나 칭찬을 하는지 몰라. 세탁을 그렇게 잘한대. 비 맞아서 쭈글해진 한복을 맡겼더니 새 옷같이 해놓았다지 뭐야. 동정도 어찌나 깔끔하게 달았는지 신의 솜씨라나 그렇다던 걸. 게다가 어쩜 그렇게 친절한지 늘 웃으며 인사하고. 거, 봐. 세탁소 주변이 깨끗해지더니 이제 온 동네가 달라지고 있잖아. 안 그래?"

"그건 그렇지만……."

솔솔네의 열변에도 불구하고 영진이 어머니는 왠지 걱정입니다. 그 고아라는 아이가 혹 영진이에게 못된 짓을 하지 않을까 해서입니다.

이 동네가 달라지긴 했습니다. 부지런한 소장님 때문에 자기 가게 앞만 더럽게 할 수는 없었으니까요.

이제 버젓이 자리를 잡은 바보세탁소에도 손님이 하나둘 늘기 시작했습니다. 다림질도 일류 요리사가 칼질한 듯하고 주인도 모르게 떨어져 나갔던 단추들이 제자리 구멍을 찾아 척척 메워졌고요. 스르르 도망가던 동전들이 더는 생기지 않게 터진 주머니가 예쁘게 기워져 제구실하게 되었지요. 그것은 모두 바보 소장님이 정성을 다하는 꼼꼼함 때문입니다. 이런 소장님은 누가 안 좋은 소리를 해도 약간 모자란 아이처럼 끄덕끄덕하며 헤헤 웃기만 합니다.

하지만 소장님이 화를 내는 것을 꼭 한 번 본 적이 있답니다. 한성이가 날랜 주먹으로 같은 반 친구의 얼굴에 상처를 내고 왔을 때입니다. 한성이 보고 고아라고 놀려서 그랬대요. 아무리 그래도 주먹을 써서는 안 된다며 이마에 칼자국 같은 상처가 도드라질 만큼 화를 내며 야단을 쳤습니다. 어쩌면 소장님도 그런 얘기를 듣고 한성이만큼 울고 싶고 분하기도 했을 것입니다. 남의 아픈 곳을 찌르는 것은 가장 비겁한 일이라 생각하니까요.

시간이 지날수록 바보 소장님이 이 동네에 온 것은 복덩이가 넝쿨째 굴러왔다고 입을 모아 말하게 되었습니다.

이 소문으로 가장 신경이 곤두서는 사람이 있습니다. 다름 아닌 칠복이 아버지입니다. 칠복이 아버지는 3년간 동 대표를 지낸 사람입니다. 올해에도 대표선거에 나올 예정입니다. 아파트가 들어서면 이 산동네에 넓은 도로가 생기고 학원도 들어서고 교육환경도 좋아지게 된다며 동네 개발을 적극적으로 주장하였습니다. 그뿐만 아니라 칠복이 아버지는 이 마을에만 살아온 터줏대감입니다.

"나이도 많고 아들이 경찰서 서장이잖아. 당연히 칠복이 아버지가 대표가 돼야지."

"그러면 뭘 해? 좁은 동네에 많은 사람이 살게 되니까 얼마나 지저분해졌어? 약수터를 봐. 또 차에서 내뿜는 매연은 어떻고. 탁해진 산 공기에 득실거리는 도둑들은 어떻고? 마을을 위한답시고 말하면서 혼자 좋은 차에, 좋은 옷에 무게 잡고 다니잖아."

"맞아, 넘쳐나는 차들로 아이들 놀만 한 곳도 없어졌어."

아주 조그만 놀이터가 하나 있긴 있습니다. 그나마 없는 것보다는 낫지만 놀이터에는 늘 아이들이 넘쳐서 하루가 멀다 하고 그네가 고장 나고 시소가 부러져 툭하면 다치기 일쑤입니다. 하지만 바보 소장님이 놀이터 의사로 나섰습니다. 놀이터의 그네를 쇠줄로 바꾸고 기술학교에서 배운 솜씨로 정글짐에 오색페인트를 해놓아 생기 있는 놀이동산이 되었습니다. 뭐니 뭐니 해도 한성이가 놀이터에서 친구들과 뛰어놀 수 있으니 더욱더 기쁩니다. 동네 사람들은 아이들의 벗이기도 한 소장님이 대표가 되어야 한다고 차츰 생각하게 되었습니다.

"제가 이 동네에 온 지 얼마나 됐다고 감히 대표를 해요? 전 못해요. 세탁소 일도 바쁘고요. 칠복이 아버님이 이제껏 해오셨으니 잘하실 겁니다."

바보 소장님은 한사코 안 한다며 펄쩍 뜁니다.

"아유, 소장님이 여기 언제 온 게 뭐 그리 중요한가? 우리 동네를 위해서 누가 일을 잘 할 수 있는 인물인가가 중요하지."

돌이 할머니는 매일 와서 입후보하라고 야단입니다. 심지어 노인정의 할아버지들까지 모시고 와서 설득하느라 아예 세탁소로 출근을 할 지경입니다.

입후보 마감을 며칠 앞둔 토요일이었습니다. 칠복이 아버지가 동네 사람들을 마을회관으로 불러 모았습니다.

"무슨 일이야? 도대체"

웅성웅성 시끌시끌 영문을 모르는 사람들은 무슨 난리냐 싶어 너나없이 모였습니다.

"자 여러분 조용히 하십시오. 그리고 흥분하지 마십시오. 제가 오늘 어처구니없는 일을 말씀드리겠습니다."

흥분하지 말라는 칠복이 아버지가 더 쌕쌕거리며 얘기합니다.

"여기 이 양복이 보이십니까? 이 양복을 그저께 바보세탁소에 맡겼더랍니다. 그런데 제가 실수로 수표 한 장이 들어 있는 걸 모르고 맡긴 겁니다. 그래서 오늘 생각나 부랴부랴 세탁소로 갔더랍니다. 아 글쎄 세탁은 고웁게 되어 있는데 수표는 눈을 씻고 찾아봐도 없는 겁니다. 여러분, 과연 어찌 된 일일까요? 수표가 발이 달렸겠습니까? 아니면 바람에 날려 갔을까요? 혹 여러분은 나처럼 돈을 잃어버린 적은 없습니까? 잘 생각해보십시오. 제 버릇 남 주나요? 알고 보니 전과범이라면서요? 과연 이런 사람을 우리 동네에 머물게 해도 되겠습니까? 우리 마을의 전통은……."

그칠 줄 모르는 칠복이 아버지의 쩌렁쩌렁한 목소리에는 노여움이 가득했습니다.

"맞아 그러고 보니 나도 없어진 것 같아. 왜 있잖아. 깜빡 잊고 주머니를 뒤져보지도 않고 세탁소에 맡길 때가 있잖아."

숙이 어머니가 의심 가득한 얼굴로 맞장구를 쳤습니다. 가끔 사람이란 어리석게 큰 목소리에 무심코 속아 넘어가기도 하나 봅니다.

다음날 얘기를 전해 들은 바보 소장님은 한성이와 말없이 동네를 떠났습니다.

'왜 우리가 가야 해?' 묻는 한성이에게 소장님은 '바보라서 그런가 봐.' 하고 슬프게 대답합니다.

그리고 웬일인지 동네에는 칠복이 아버지의 술 취한 넋두리가 밤늦은 시각에도 며칠째 들렸습니다.

"내가 천벌 받을 짓을 했지. 그러면 안 되는데 내가 왜 그랬을까? 왜 그랬을까?……."

아직 세탁소 간판은 내려지지 않았습니다. 여전히 욕심 없는 바보의 행복한 얼굴이 웃고 있습니다.

오늘도 놀이터엔 언젠가 돌아올 소장님을 기다리며 새벽바람에 빈 그네가 삐걱거립니다.

당선 소감에 모모를 찾는다는 얘기를 빠뜨리지 않았다. 하지만 모모의 연락은 없었다.

모모는 내게 동화를 쓰게 했고 우리 교실 학급문고 책을 읽게 했고 이야기의 씨앗을 가져다준 사람이다. 세탁소 아저씨 아줌마는 모모가 고아일 거라고 했지만 그건 모른다. 하지만 내 기억 속 모모는 바보세탁소 소장님으로 퍽 어울리는 사람이다. 동네 대표가 되었다면 동네를 위해 헌신할 사람임이 틀림없다. 모모를 만나서 물어볼 게 많은데 우리의 숨바꼭질은 끝날 줄을 모른다. 모모를 찾아 떠나는 항해는 막연하다. 언제 그 모모라는 섬에 가 닿으려나. 여전히 지도가 없다, 우리에게는.

⑭
오월의 햇살 같은 사람

세상은 많이 바뀌었다. 우리는 2002년 한일월드컵도 성공적으로 치른 위대한 나라에 살고 있었다. 대통령도 바뀌었다. 나도 결혼을 하고 아이 둘을, 현아도 결혼하고 아이 엄마가 되었다. 경이 언니의 첫째 아들은 올해 고등학교에 입학했다. 내 일기장 속 모모만 여전히 총각이었다.

아파트 너머 보이는 나무는 하루가 다르게 무성해서 뭐든지 초록으로 가렸다. 어린아이 같은 연두에서 어른인 초록까지 나뭇잎들은 날마다 다른 색을 보여주었다. 초록도 나이를 먹었다.

오월의 햇볕은 따가웠다.

"집들이해야지. 선물은 사양하지 않을게. 비싼 거로 사. 참, 엄마가 반찬 통도 가져오란다."

현아가 며칠 전 전화를 했다.

경이 언니가 대학 졸업하자마자 부산에서 간호학원을 나와 간호사로 취직했고 현아네 식구는 모두 부산으로 이사 왔다. 요양원에 계시던 할머니는 다섯 해 전에 돌아가셨다. 동지헌말 때문인지 장수하셨다.

지난달 현아는 새 아파트로 이사해서 집들이 초대를 했다.

현아 엄마는 종종 김장도 해주고 반찬을 해놓고는 가져가라고 나를 불렀다.

"와, 집 좋네. 대궐이네. 대궐."

입이 떡 벌어졌다.

"어머니, 안녕하세요? 어, 언니, 오늘 교대 시간 맞아떨어졌나 보네?"

"응, 어서 와. 일부러 맞췄지. 집들이한대서."

현아 엄마와 경이 언니는 부엌에서 요리하면서 인사를 했다.

"잘했어요. 애들은 어디 갔어? 형부랑 신랑은?"

"너도 혼자 온대서. 우리끼리 실컷 수다 떨라고 애들 데리고 어린이대공원 갔다 아이가."

현아가 배려심 넘치는 남편 자랑을 했다. 부러워 죽을 시늉을 해줘야 할 때다.

"가시나, 신랑 잘 만났네. 잘 만났어. 뭐고? 텔레비전이 크기도 크네."

우리는 경상도 사투리를 쓰는 게 어색하지 않았다.

"고모가 사줬다. 집들이 선물로."

현아가 새 텔레비전 리모컨을 꺼내서 탁자에 올려놓았다.

"와서 밥 먹자."

현아 엄마가 식탁에서 먹자고 불렀다. 현아 엄마도 흰머리가 까만 머리를 가린 지 오래인 할머니였다.

"엄마, 상 펼게. 거실에서 텔레비전 보면서 먹자. 단오야 와서 날라라."

현아가 싱크대에서 쟁반을 내줬다. 잡채랑 불고기 냄새가 콧속을 파고들었다.

"자, 텔레비전을 켜 봅시다요!"

현아가 리모컨을 눌렀다. 텔레비전에 나오는 부잣집 텔레비전이랑 똑같았다. 현아가 리모컨을 요리조리 눌렀다.

"재미난 거 안 하네. 뉴스나 보자."

특집 대담 같은 게 열리고 있었다. 앵커 옆에는 마흔 살 중 후반으로 보이는 아저씨가 앉아 있었다.

"80년 5·18 당시 광주에 특전사로 진압 작전에 투입되었고 양심선언으로 우리에게 알려진 분이죠. 찬찬히 이야기를 나눠보도록 하겠습니다."

앵커가 옆 사람을 소개했다.

"군은 아직도 잘못을 인정하지 않고 있습니다. 처벌도 이루어지지 않고 있고요. 당시 우리는 전역을 열흘 앞두고 전역 날만 손꼽고 있었는데 광주로 내려가라는 명을 받았습니다. 무고한 시민들을, 양민을 학살하라니요. 그날 명령을 거부했던 제 동료는 목숨을 걸고 탈영했습니다. 무사히 탈출했는지 여전히 소식을 모릅니다. 여태 소식이 없는 거 보면 탈영에 실패했는지도 모르지요."

"그런 분이 계셨군요. 혹시 같이 찍은 사진 같은 게 있나요?"

앵커가 물었다.

"여기, 이 친구가 제 동료입니다. 마지막 휴가 때 둘이 찍은 사진입니다. 전역 날짜가 같았거든요."

순간 우리는 얼음이 되었다.

"아니!"

경이 언니가 숟가락을 입에 문 채 말을 잇지 못했다.

"단오야, 맞지?"

현아가 물었다.

"……."

나는 숨이 멎는 것 같았다.

"어디서 본 듯한데, 어디서 봤드라. 아이고, 맞네. 맞아. 모모 총각 아이가?"

현아 엄마가 부산 사투리로 물었다. 얼굴의 반을 덮은 검은 뿔테 안경, 안경 너머 빛나던 눈빛. 스물두어 살에 우도에서 함께했던 모모가 거기 있었다. 우리는 어떻게 밥을 먹었는지 음식 맛이 어땠는지 몰랐다. 모모 얘기만 했다.

모모가 우도에 온 이유를 이제 조금은 알 것 같다. 모모를 만나려는 사람은 우리뿐만이 아니었다. 모든 국민이 모모를 기다리고 있었다.

"쯧쯧, 얼마나 마음이 무거웠을꼬. 섬에 온 이유를 물어도 통 입을 안 열고 섬을 떠날 때도 말없이 훌쩍 가버리더니 모모 총각한테 저런 사연이 있었구나. 그동안 어찌 살았을꼬? 아직 살아있긴 하려나?"

현아 엄마가 안쓰러움으로 혀를 차며 말했다.

모모가 그 많은 세월 동안 자신의 아픔은 숨기고 다른 사람을 위로했다고 생각하니 코끝이 찡해왔다. 모모를 만나 '드디어'라는 말을 쓰려고 지금껏 기다려왔지만 끝내 그런 일은 일어나지 않았다.

나에게 모모는, 우리에게 모모는 오월의 햇살 같은 사람이다. 자신 안의 어둠을 숨기려 빛이 된 사람. 살아있디면 모모가 이제 가족과 친구들 품에서 평안하기를 빌었다. 우리에게 모모를 보내준 세상은 비극이었지만 모모는 희극을 보여주었다.

인생은 아름답다고 말할 수 있을 때까지 우리는 살아가는 중이고 모모도 살아내는 중일 것이다.

그날들은 그날이 되어 우리 곁에 영원할 것이다.